古書堂事件手帖 7
～栞子與無止盡的舞台～
三上 延

古書堂事件手帖 7

～栞子與無止盡的舞台～

三上 延

輕文學
Light Literature

【主要登場人物】

●五浦大輔

因為外婆留下夏目漱石的《從此以後》與相關謎團，而開始在文現里亞古書堂工作的青年。因為過往的一段經驗，擁有無法看書的特殊體質。雖然強勢的外表使得他經常被誤會，但他對於書本懷有某種憧憬。

●篠川栞子

年輕漂亮的文現里亞古書堂店長。十分怕生，面對陌生人甚至無法好好說話，不過一提到舊書便會展現異於常人的知識，是個徹底的書蟲。腦筋動得快，能夠發揮出色的推理能力。和母親因為各持己見而不合。

●篠川文香

栞子的妹妹。跟栞子有點像又不是很像，是個充滿朝氣的少女，天生藏不住事情。對於舊書店的工作不甚了解，不過在準備升學考試的同時，仍會代替姊姊做家事。

●篠川智惠子

栞子與文香的母親。對於舊書相關的知識遠遠超越栞子，但有著會強迫別人賣書的強悍性格。某天留下《Cracra日記》給栞子後就離家出走，十年來不曾出現。

●志田

自稱「背取屋」，主要從事絕版文庫書的交易，在鵠沼海岸附近的橋下過著遊民生活，然而目前行蹤不明。

●井上太一郎

辻堂的舊書店「一人書房」的老闆。店裡專營科幻及懸疑類書籍，在愛書人之間頗富盛名。因為與智惠子之間的往事，過去對栞子充滿戒心。

●滝野蓮杖

位在港南台的滝野書店的少東，也是舊書交換會的活動管理人。妹妹與栞子是同學，他本人與栞子也是舊識。熟知篠川家的往事。

●久我山尚大

就算以脅迫的方式，也要逼他人出售舊書的危險舊書店老闆。極有可能是智惠子的父親。已故。

●久我山真理

尚大的妻子。對於太宰治的《晚年》有很深的執著，想要得到栞子持有的未裁切書，卻以失敗告終。

●吉原喜市

住在橫濱的舞砂道具店老闆。過去曾在久我山書房擔任學徒兼掌櫃。

【人物關係圖】

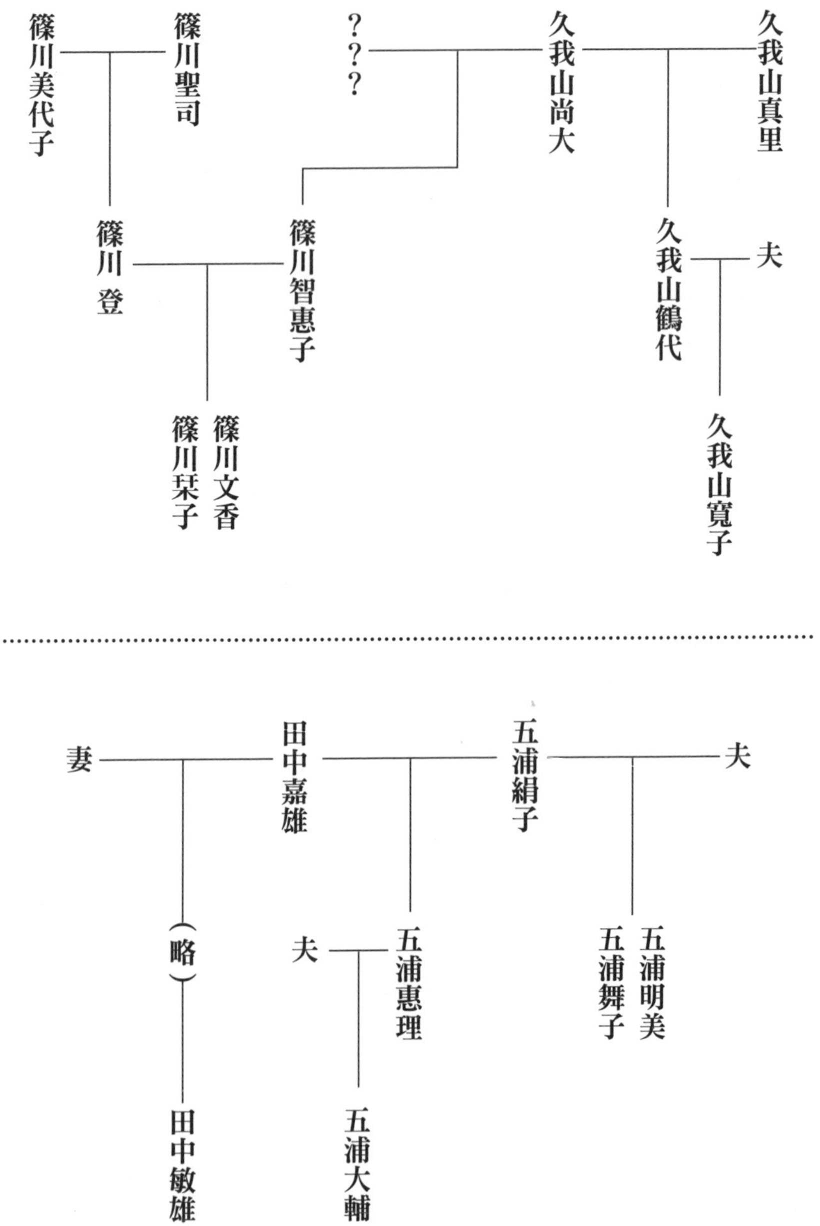
久我山真里
久我山尚大
???
篠川聖司
篠川美代子
久我山鶴代
夫
篠川智惠子
篠川　登
久我山寛子
篠川文香
篠川栞子
夫
五浦絹子
田中嘉雄
妻
五浦明美
五浦舞子
五浦惠理
夫
（略）
五浦大輔
田中敏雄

序章

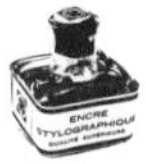

黑檀木打造的大矮桌上，擺著三冊大開本的書。

書封與書背均覆蓋著精美的小牛皮，上面沒有書名也沒有作者名，天地與切口都抹上了厚厚的金箔。每一本的大小與裝幀皆相同，只有皮革的顏色不同。

紅色、藍色與白色。

這是位於西鎌倉高台一處料亭內的一室。從觀雪窗射入的強烈日光照得平滑的皮革光澤曖曖。綠色的楓葉在窗外搖曳。

身穿藍色和服的高大老人，把身子埋進有扶手的和室椅裡。脖子後側鬆弛的肉溢出衣領上緣。

「從這當中選一本。」

從兩片厚唇之間的縫隙發出濃濁的聲音。矮桌對面端坐著一位有著烏黑長髮的年輕女子；她穿著有如制服般的白襯衫與深藍色裙子，戴著黑框眼鏡，外貌看似文雅，不過極度不好惹的個性讓她顯得精明；面對老人犀利的目光也毫不畏懼。

「這之中只有一本書是有價值的，妳必須在不翻開書的前提下找出來。也不准瞎猜，我會問妳原因。」

老人雖然佯裝不在乎，語尾卻滲出些許的雀躍；顯然自以為有趣，才會花費了難以置信的重金，差人準備這些顏色不同的書。

「我找出來的話，有什麼好處？」

「我會把那本書送給妳，連同我的店，以及妳將來會看到的其他藏書。這是測試。」

老人沉聲宣佈，態度彷彿在演戲。說到這裡，他停了一會兒，又說：

「妳如果通過測試的話，將會成為我的繼承人，我要妳正式繼承我的店。」

在寂靜無聲的室內裡，只聽見老人不規律的呼吸聲。多年來不注重養生，使他罹患了不少內臟疾病。

女子微微蹙眉。

「除了我以外，你不是還有其他女兒嗎？你不打算讓鶴代小姐繼承嗎？」

聽她提起有一半血緣關係的姊姊，老人的臉頰微微顫抖了一下。這兩個女兒照理說是互不相識，她什麼時候知道對方的名字了？

「她只是熱愛文學的普通女孩罷了，跟妳不同，她不懂舊書生意。這份工作需要不擇手段取得或賣出商品的熱誠與覺悟。而妳，絕對有資格繼承我這些日子建立的……」

「我拒絕。」

女兒二話不說打斷父親的話。

「……妳說什麼？」

「我知道這三冊哪一冊值錢，但是我不需要你的店。」

「說話小心，否則妳將錯失難得的好機會……是因為妳的母親反對？」

「家母的確討厭舊書店的工作。不過我是因為其他理由拒絕。」

老人的聲音變得有氣無力，更顯得女兒的聲音強而有力。

「我討厭經由別人準備的測試，來決定我的人生。那樣的我才不是我……我要自己決定何時、在哪裡、做什麼、如何活下去。」

「妳不想要我準備的東西嗎？」

「當然想要。」

她的回答如飛箭般直接。

「你準備的一定是真正有價值的東西。但是，如果我想要那本書或其他書，我要憑自己的力量得到，這才是真正的不擇手段。」

女兒輕快地站起。老人仍像岩石般坐著不動；即使他有心移動，無力的手腳也阻止了他的行動。

「後會無期。我們不會再見面了。」

毫不遲疑的道別話語聽來更顯冰冷。女兒裙子一翻，走出和室。留在原地的老人渾身微微顫抖，八成是未曾料想到會被拒絕吧；悉心做的準備卻是白費力氣，沒有什麼比這更屈辱了。古今中外最可悲的，莫過於遭到拒絕的男人。

唉，雖然我早就料到會是這種結果。

「你偷聽夠了吧，混蛋。」

老人開口怒斥。我打開隔間的紙拉門，聳聳肩從隔壁走進來。

「我哪有在偷聽？只要待在隔壁的房間，不想聽也會傳進耳裡。」

「少頂嘴，沒出息的傢伙，你知不知恥啊。」

我湊近看向閒置在桌面上的大開本書。雖然不知道哪一本才是正確答案，不過我知道內容是什麼。拿去賣的話，究竟會有多麼龐大的收入呢？

「誰說你可以碰了？」

「讓我看一下又不犯法，也不會少一塊肉。」

「滾開！誰都不許碰。」

我不情願地收回我的手。何必對我這般冷淡呢？再怎麼說我也是你僅存的徒弟了。在其他弟子們無法忍受你的沒耐性、壞心腸而相繼離開之後，我仍如影相隨、住進你家照顧你的生活起居；今天開車載你過來的人也是我。

「自作聰明的丫頭，不孝女……竟然敢反咬我一口……忘了我養大妳的恩情嗎……我會好好回敬妳……」

老人弓著高大的背喃喃自語。看來就像是一頭遭到霸凌的熊，或許腦袋也退化到動物的程度了吧。那女孩可是你情婦生的小孩，直到幾年前你還對人家不聞不問。還不是因為大老婆生的女兒不可靠，你才趕忙想要訓練她。

你也沒多久可活了。

老實說，由我繼承財產也很合理啊。我是你從無到有，親自嚴格訓練的，我才是真的對任何買賣都抱有熱誠與覺悟。

「我一定要懲罰那丫頭……我要詛咒她，讓她一無所有，被所有人拋棄。對，我要讓她在世界各地奔波……喂，你在聽嗎？混蛋。」

「我在聽啊。我不用把耳朵塞住嗎？你一直在講可怕的事情呢。」

「拿筆來。」

我佯裝不高興，把鋼筆遞給他。唉，我一定也是笨蛋，無法跟一個已經什麼也不是的孤單老人斷絕關係，還在這兒浪費時間。機靈的夥伴們早都逃走了。

「你去準備我接下來寫的東西……這件事絕對不能洩漏給任何人知道。」

老人弓著背，在記事本上振筆疾書。總之，我就陪著他直到他進棺材吧。這一定就是我要扮演的角色。而後我想，我就照我喜歡的意思去做吧，就像他那個女兒一樣。

第一章

喜悅之外的思緒

1

玻璃門一拉開，便吹進一陣如狗的喘息一般黏溼的風，閃耀白光的視線範圍瞬間恢復原狀，可以看見藍色條紋的電車滑進橫須賀線的月台。

我盡量不用到左肩，把旋轉式的鐵製招牌拖出店外。大概是好一陣子沒人清理了，招牌表面沾著一層薄薄的灰塵。我拿抹布仔細擦拭白漆寫的店名。

店名是「文現里亞古書堂」。

這是一家位在ＪＲ北鎌倉車站旁邊、經營多年的舊書店。我的名字是五浦大輔，去年剛從大學畢業，是這家店的兼職人員；就在我找不到工作、游手好閒之際，這裡的店長僱用了我。最近我請了一個月的假沒上班，前幾天才剛復職。不靈活的身體尚且耐得住七月的熱度，不過穿著Ｔ恤的背後已經滿是汗水。

「今天不開店嗎？」

我聽到含糊不清的說話聲，轉頭一看，一位身穿清涼的藍色洋裝、打著陽傘的老婦人站在那兒。我對那一頭俐落如男人的白色短髮有印象。她是經常在早上光臨的客人。

「抱歉。我們明天才會營業……」

「哎呀，這樣嗎？我會再來。」

她轉身朝圓覺寺的方向離去，看不出有半點遺憾。大概住在附近吧。許多老人家都把我們書店當作散步路線之一，可是他們幾乎不買書。三月之後尤其如此。

東日本大地震後，上門買書的客人銳減。或許大家沒有那種閒情逸致讀舊書了吧。再加上最近這個月，文現里亞古書堂也不方便採購或出貨；因為我左肩骨折，店裡少了搬運重物的店員。今天是為了更換書架上的商品而臨時公休。

我把招牌留在原處，回到建築物內。高大的書架面對面擺放著，延伸到店內深處；地上也堆著不少舊書。我們正在更換架上的商品，所以可通行的空間比平常更狹窄。把招牌拿去外面，也是為了避免影響上架作業。

我對於這裡數量龐大的舊書內容幾乎一無所知。因為我的「體質」奇特，只要長時間閱讀活字印刷的書就會不舒服，所以即使感興趣也無法閱讀。

「福武文庫可以上架了嗎？」

我朝店內後側這樣問，卻無人回答。櫃台內居然沒有半個人在，剛剛店長分明還在那兒替書本標價的。

我停下工作，躡手躡腳地回到櫃台處。尚未標好價的絕版文庫與鉛筆擺在那兒。內田百閒

《新・大貧帳》，福武文庫。最後一頁已經確認完畢了，卻還沒有寫上售價。

我聽見椅子的吱嘎聲響。

為了整理進貨的舊書，L型的櫃台內側保留了寬敞的空間；舊書雖然堆得像圍牆一樣高，不過後面還有足以躲進一個人的縫隙，店長就坐在那裡的椅子上。

長及背後的黑髮，無袖襯衫與長裙，披著工作用的圍裙，她的打扮一如往常樸素。但是露出來的圓潤肩膀卻韻味十足。她半背對我坐著，因此尚未察覺到我的視線。

這個人的名字是篠川栞子，年齡與我相差不遠，不過已經是文現里亞古書堂的第三代店長。過去經常發揮過人的舊書知識及洞察力，解決上門諮詢的舊書相關事件。

儘管如此，每當採購的商品中有她感興趣的書，即使正在工作，她也會躲在角落開始閱讀。每次遇到這種情況，我就必須負責提醒她「請繼續工作」。

「請……」

還沒說出口的抱怨瞬間消失，原來栞子緊盯的不是舊書書頁，而是電腦畫面。一路延伸到這個縫隙裡的櫃台上擺著桌上型電腦。雖然這台電腦主要是用來處理網購業務用，不過她現在開啟的似乎是會計系統，畫面上排著密密麻麻的數字，看來是這家書店的收支表。

「傷腦筋呢……」

她呼地嘆了口氣，下顎靠在櫃台檯面上。我自我檢討了一番；因為她不是蹺班在偷看書。與兼職店員的我不同，身為店長的她必須思考許多事情。舊書店的經營不可能那麼輕鬆的。在此之前她一定也在我沒看到的時候認真煩惱著。

（嗯？）

只見她下顎仍然靠在櫃台上，腦袋瓜開始緩緩左右搖晃。

「傷腦筋啊……傷腦筋啊……」

她代入旋律，正在小聲唱著歌。我聽過她哼曲子，但唱著有歌詞的歌倒是第一次。她的歌聲輕柔乾淨。年紀比我大卻很可愛。總之就是很可愛。順便補充一點，我和這個人在兩個月前開始交往了。

「這個月也──可能是赤字──下個月也是──該不會是──哼、哼哼～」

不過有點走音，而且歌詞真鬱悶。

「怎麼辦──大輔的薪水……」

「咦？」

我忍不住出聲。栞子小姐嚇得背部抖了一下，緩緩把臉轉向我，粗框眼鏡後綴著長睫毛的雙眼大睜。她雪白如瓷的肌膚完全融入這個滿是舊書的安靜空間。她雖然不是搶眼的類型，倒也有著工整的相貌；唯有襯衫底下隆起的豐滿胸脯一點也不科學。她雙手緊捂著嘴，雖說現在已經來不及了。

「對、對噢……大輔已經回來了……」

指縫間洩出含糊的聲音。

「抱歉，我從以前就有自言自語或唱起歌來的毛病……我、我一直都盡量不在別人面前這樣做，但大輔你最近不在店裡，我不自覺就……啊，要定書本售價吧？」

她搶走我拿在手裡的《新．大貧帳》，翻了翻檢查狀況。

「這本書的書口打磨過，書籤繩也斷了，放到均一價那一區就行了。」

她把書還給我，似乎打算結束話題。隔著她的肩膀看見的電腦畫面，仍顯示著收支一覽表。

相較於忍不住就唱起歌的習慣，我更在意的是其他事情。

「書店的經營狀況這麼差嗎？」

「……也不是——」

她尷尬地含糊其詞。

「這陣子的確是赤字……不過為了因應突如其來的高價收購需求，帳戶內還是有一筆存款，所以請別擔心薪水。」

我無法放心。薪水的事不要緊——雖然也不能這樣說，不過我更擔心的是居然需要動用到收購預備金。在大船經營日式簡餐店多年的外婆曾經說過：「分清楚錢的用途，才是生意能夠長久的祕訣。」必須動用預備金來支付我的薪水，不就表示已經走投無路了嗎？

「都怪我請了一個多月的假。」

正確來說是四十天。這段期間當然不可能堂而皇之地要求身為考生的妹妹幫忙，腳不方便的她一個人也很難好好經營店裡的生意，營業額會減少也是當然的。

「大輔。」

栞子小姐放大音量。她把手肘套進靠在牆邊的拐杖站了起來，腳步有些不穩，我不自覺伸手扶著她的手。她仰望我的黑眸似乎帶有怒意。

「你沒有做錯任何事，你只是受傷了，不是嗎？能夠這麼早康復，已經很厲害了。你可是從那個石階上摔下去……」

栞子小姐的肩膀微微顫抖；或許是想起自己跌落的恐懼。我們兩人曾在不同時期、從北鎌倉的同一座石階上跌下後住進醫院。這一切當然不是偶然，事情與兩本太宰治的《晚年》有關，十分複雜。

2

一年前，栞子小姐被名叫田中敏雄的舊書迷盯上。他的目標是文現里亞古書堂代代相傳的太宰治的《晚年》初版未裁切書。

田中把栞子小姐推下石階，她因此受了重傷，現在腳上仍有後遺症。那個怎麼想都不正常的男人其實和我有血緣關係；田中的爺爺曾與我外婆有過一段不倫關係，當時生下的就是我的母親。知道這件事的人當然少之又少。

栞子小姐為了保護藏書，演了一場燒掉贗品的戲給田中看，假裝未裁切書已經不在，也利用剛開始在這家店工作的我將田中交給警方。

豈料今年五月底，我們收到署名田中敏雄的威脅信——信上寫著他識破了栞子小姐演的那場調包戲。我去探望假釋中的田中，他卻表示對威脅信毫不知情，還向我們提出奇妙的委託，希望我們代為尋找他爺爺田中嘉雄過去的藏書，也就是與栞子小姐的未裁切書不同的、另一本《晚年》的初版書。儘管懷疑他的意圖，我們依舊著手調查，得知田中嘉雄是受到住在北鎌倉的久我山尚大這位冷酷的舊書店老闆威脅，被迫賣出了他收藏的《晚年》。而在尚大死後，繼承那本《晚年》的人，正是他臥床不起的妻子久我山真里。

她的動機與田中敏雄不同，但是一樣對《晚年》很執著，不滿足於擁有一本太宰自家用的《晚年》，她還計畫著要弄到栞子小姐那本未裁切書。寫威脅信到店裡來，也是她為了看我們的反應所做的測試。

我跟久我山真里的手下，也就是她的孫女寬子，為了爭奪《晚年》纏鬥到最後，雙雙摔落石階。

在我住院這段期間，久我山真里也因為身體不適住進東京的醫院。她原本要被依脅迫、強盜未遂、傷害等罪名起訴，但是警方無法從年事已高的她身上取得口供，遭到逮捕的久我山寬子又主張一切都是自己所為——「我是為了想要《晚年》未裁切書的外婆而做了這些事」，最後所有嫌疑都轉到了寬子身上。看樣子她打算當外婆的代罪羔羊。雖然我們告訴過警方久我山真里才是主嫌，卻無法找到證據。

「久我山家的人，最近怎麼樣了？」

我一問，栞子小姐便垂下視線。

「真里婆婆現在仍在醫院……我昨天和鶴代阿姨通過電話，聽說婆婆最近幾乎沒有意識了。阿姨似乎也很累。她也有去拘留所探望寬子小姐。」

我認為六月那起事件除了我們之外，久我山真里的女兒、寬子的母親——久我山鶴代也是受害者。她對於那兩人的作為一無所知，卻必須忙著善後。她也曾經來我家登門道歉，表示想要支付醫藥費與慰問金，不過我只收了住院費，其他都拒絕了。

久我山真里等人企圖奪取《晚年》未裁切書，唆使田中敏雄襲擊我。若非田中在千鈞一髮之際背叛了她們，或許會有更多人受傷。

田中的判決已經出來了，目前正在監獄裡服刑。他雖然曾經告訴警方《晚年》還在栞子小姐手裡，仍舊乖乖接受了判決。我們也沒有將遭到田中攻擊的事情告訴警方。

儘管我們雙方是站在互助的立場，但也絕非打從心底信任彼此，只是姑且維持著——文現里亞古書堂將會買下久我山真里的《晚年》初版書並賣給田中——的關係罷了。

要是無法履行這項約定的話，我不知道他出獄之後將會採取什麼樣的報復手段。我們把這件事情告訴久我山鶴代之後，她答應全力配合我們的需求。據說她原本就打算在繼承母親的遺產之後，將久我山尚大的藏書全數脫手。

但是現在有一個問題。

「久我山家的《晚年》找到了嗎？」

我跌下石階那天，包括太宰自家用的《晚年》在內，所有久我山尚大的藏書，原本是收藏在久我山家書房的某個書櫃裡，那個書櫃卻不曉得什麼時候被搬空了。栞子小姐持有的未裁切書差點被搶走一事，與久我山家的舊書沒有直接關係，所以應該不是警方當作證據拿走了。

一定是久我山真里為了報復栞子小姐阻止自己的計畫，把書藏到其他地方去了。但是她的狀況不好，我們也無法找她問出藏書的去向。

「事實上我也和鶴代阿姨聊過這件事，而且得知了不好的消息……聽說太宰自家用的《晚年》已經在其他人手裡了。」

聽到栞子小姐的回答，我瞬間說不出話來。

「在其他人手裡，是指被賣掉了嗎？」

「是的。都怪我太大意，我以為照真理婆婆的個性，她應該不會放棄或傷害那些藏書……沒想到她住進市中心的醫院之前，已經趁著鶴代阿姨外出時，找認識的舊書業者來把書全數搬出去了。直到阿姨收到寄來的百萬日圓收購明細才發現這件事，可是款項已經匯入真理婆婆的私人帳戶裡了。」

「這樣豈不是慘了？」

收到百萬日圓的款項，表示交易已經成立。一旦書被拿到市場上去賣，恐怕沒有那麼簡單能找回來。而且書要是到了狂熱的太宰迷手裡，對方怎麼可能放掉珍貴的作者自家用《晚年》呢？

「應該還不要緊。我已經與業者取得聯繫，聽說從久我山家收購的藏書，一本都還沒有賣掉。對方今晚會過來一趟，商量把《晚年》賣給我們的事宜。」

「原來如此。太好了。」

我鬆了一口氣。交易對象只是從久我山家變成那位業者而已。但是栞子小姐嘴上雖說不要緊，表情卻不見開朗。

「怎麼了？」

「有件事情我想不通……真理婆婆到底為什麼要把藏書賣掉？」

「欸？不就是為了要氣妳嗎？為了破壞我們跟田中的約定之類的？」

「如果她是這樣打算的話，應該會以最快速度把書交給收藏家才是。可是收購的業者說，婆婆沒有特別做這類的指示。」

「會不會只是忘了說？」

我不認為這有什麼大不了，畢竟對方是身體不好的老人，出這種錯也很自然。

「如果是就好了……但我總覺得另有隱情。」

我更在意的是收購金額應該是一筆不小的費用。雖然她說店裡有因應高額收購的預備金，可是這家店營收目前是赤字。真的不要緊嗎？——不過一直這樣焦慮不安也不是辦法。

「書是被哪裡的舊書店買去了呢？」

「不是專門的舊書店，是橫濱的古董店。店名是舞砂道具店，經營海外古董及外文書的交易……聽說很久以前就與久我山家有來往。」

「栞子小姐也不知道那家店啊？」

她點頭。這位千錘百鍊的舊書迷，理所當然熟悉經營舊書的店家，但也還是有她不知道的店啊。

「聽說那家店大約十五年前結束營業之後，只對特定客戶提供型錄販賣服務。對方說自己幾乎都待在國外。聽聲音感覺是年紀很大的人……我母親或許知道。」

聽她突然提起意想不到的人，讓我愣了一下。篠川智惠子——這位女士比栞子小姐更熟悉舊書，而且大意不得。她十年前為了追蹤某本書而離開文現里亞古書堂，行蹤不明，直到最近才現身。

「怎麼說？」

「母親也一直待在國外，應該有在買賣外文書，所以我猜她對於日本的同業或許很熟……不過我不想特地去向她打聽。」

栞子小姐話中帶刺。我仔細凝視她的臉；這個人與母親十分相像，或許就是這樣才無法原諒吧，也就是所謂同性相斥。可是，如果她知道另一個祕密的話，或許會再多一位討厭的對象。

儘管沒有確切的證據，不過久我山尚大恐怕是篠川智惠子的父親。他和過去住在西鎌倉深澤的情婦之間生下的孩子，似乎就是智惠子。亦即那位會脅迫客人交易的危險舊書店老闆，正是栞子小姐的外公。

「……大輔。」

我是在肩膀骨折住院，來探望的篠川智惠子與我交談時察覺到這件事的。她可能是故意要讓我察覺到這一點；感覺是想測試看看正在和她女兒交往的我會有什麼反應。當然，我沒有把這件事告訴任何人——

「呃……大輔，那個——」

我回過神來，看到栞子小姐正緊閉雙眼，縮著脖子。

「工、工作的時候不可以……小文，就快回來了。」

她以細若游絲的聲音說。

「妳在說什麼？」

「咦？」

栞子小姐抬起頭。我們兩人之間的距離比我想像中更近。不對，是我剛才把臉靠近了；我在想事情時，上半身不自覺往前傾；而且在她要站起時，我伸出去扶她的手也沒有放開。

她似乎誤以為我要吻她。我不禁看向她的唇；塗著粉紅色唇蜜的亮澤雙唇微微張著。我的喉嚨滾動了一下——就在那瞬間，隔開主屋與書店的門大聲打開。

「這兒有沒有熱情如火黏在一起的情侶啊？」

一名嬌小的高中女生喊著生剝鬼（註1）的台詞登場。身穿長及膝下的五分褲和橫條T恤，看似剛從海邊回來；曬成小麥色的皮膚非常適合馬尾的造型。像小動物般的五官及整體氣氛雖然與姊姊完全不同，不過她是栞子小姐的妹妹，名叫篠川文香，是目前正在放暑假的高三生。

「啊，還真的有……」

她露出尷尬的笑容。

「對不起，真的對不起，我只是在開玩笑……不不不，沒關係沒關係。你們繼續你們繼續、你們繼續你們繼續……」

她伸出雙手以掌心對著我們，一邊往後退回主屋去。

「等、等一下，小文！妳誤會了！」

栞子小姐連忙叫住她。我心想，這恐怕無法百分之百說是誤會吧。

手機螢幕的畫面上，一個戴深色太陽眼鏡的中年男子抱著身穿白色嬰兒服的寶寶，地點是簷廊；背後拍到了玻璃窗。畫面中的兩個人同樣瞇起眼睛看著相機，眉宇之間有著類似的皺紋，他們毫無疑問地是有血緣關係的父子。

「真的耶，長得好像坂口先生。」

篠川文香一邊秀出自己的手機一邊說。她今天去了一趟住在逗子的坂口夫婦家。坂口曾經來店裡賣過《邏輯學入門》這本書，因此與我們認識。他們在這個月初生下孩子，文香代替我和栞子小姐前往祝賀。其實我們也想去，可惜因為工作的緣故走不開。

「也很像忍小姐呢。雖然是兒子。」

下一張照片裡，寶寶移到了圓臉中年女子的大腿上。她是坂口的妻子忍，正張著嘴大笑，好

註1：日本秋田縣民俗活動中的鬼。通常一邊喊著「有沒有愛哭的小孩啊？」等嚇人的話語，一邊挨家挨戶拜訪。

像有誰說了什麼笑話，彷彿連這兒都能聽見她的笑聲。寶寶的輪廓的確像她。

「看到這些照片，我覺得我抱寶寶的日子也不遠了呢！」

「不遠了是……小文要生孩子了？」

「怎麼會是我啦，是姊姊妳啊。妳什麼時候結婚都不奇怪吧。」

「唔！」

栞子小姐發出像是喉嚨被異物堵住的聲音。

「怎麼可能！結、結婚什麼的還太早了……我都還沒正式拜訪大輔的母親呢！」

她已經想到那麼遠了嗎？這麼說來，我的確還沒有帶她見過我媽。明明是以結婚為前提開始交往的，卻漏了最重要的事。

（改天帶她回家吧。）

不過正如她所說，我也認為結婚是很久以後的事。

我在養傷的過程中冷靜思考之後，有了深刻的體會——一旦身體無法動彈，我就什麼工作也不能做。與去年住院時仍一邊經營書店的栞子小姐完全不同。我不認為自己維持在只有體力可取的狀況是好事。我想花一些時間思考，跟這個人結婚之後，自己該如何在文現里亞古書堂長久工作下去。

「啊，對了，五浦哥。」

篠川文香收起手機對我說。

「你有志田大叔的消息嗎？」

「志田大叔啊……」

他是住在鵠沼橋下的遊民兼背取屋，大約三個月前還經常出現在店裡，充滿活力又很大方，是位個性乾脆的人。如果他有到店裡來，我或許會找他商量我與栞子小姐的婚事；長輩之中，清楚文現里亞古書堂內情及篠川母女關係的長輩，我只認識志田了。

「不，我沒有他的消息。四月底之後他就突然沒有再來店裡了……也完全沒有打電話或寫電子郵件來。」

他以前也曾經失聯幾天，但是這次的情況不同。我去志田位在引地川橋下的巢穴看過，帳篷始終保持在睡醒後收拾乾淨的樣子；我也找過他之前去賣舊書的其他舊書店打聽，他們也說五月之後就沒再見過他。

「為什麼問起志田大叔？」

「奈緒她……我剛才在鎌倉車站遇到她，聊了一會兒，她好像一放暑假就到處在找志田大叔。明明要忙著準備升學考試，她卻說：『老師也許在某處病倒了。』十分擔心。」

奈緒——小菅奈緒和篠川文香就讀同一所高中，因為新潮文庫出版的小山清《拾穗．聖安徒生》而與志田結緣，並且開始在河畔聊書。她稱呼志田「老師」，十分敬重他。

「我想，萬一他發生了什麼事，應該會有某家舊書店接到聯絡才是。他身上一定有帶著那些經常往來的舊書店的地址或電話號碼……或許只是搬家了吧。」

我瞥了琹子小姐一眼。我推測是搬家還有一個原因——琹子小姐這幾個月來都沒有主動提起過志田。我認為她可能知道些什麼。四月底時，琹子小姐曾經接到《彷書月刊》雜誌過刊號的相關諮詢，而志田失蹤就是在那件事之後。那次諮詢與志田的朋友有關。

「嗯，欸，也是……志田大叔不像是會在哪兒病倒的人。不過如果是搬家的話，他應該要通知大家一聲吧。」

她說的沒錯。就算是因為某些原因離開，也至少該在事後寫封信來。我一直以為他是講義氣的人。

「奈緒那兒就由我去跟她說，我會告訴她不必太擔心。」

篠川文香這樣說完之後，轉向姊姊。

「那麼，傍晚之前我都會待在自己的房間裡寫功課。廚房裡已經備好茶點了，客人來了的話就把那個端出去。」

她打開通往主屋的門。我偏著頭；聽起來中午似乎會有客人來訪，但我現在才初次聽到這件事。

「等等，小文……客人是晚上才過來。」

栞子小姐連忙喊住她。栞子的妹妹轉過身來，以幾乎能夠看見喉嚨的氣勢張大嘴，接著突然以雙手遮住仰望天花板的臉。

「唔哇！妳果然沒在聽！我明明確認過了，我錯了。」

「咦？什麼意思？」

「吃完早餐後，我不是跟妳說了嗎？那個人今天一早就打電話過來，問是否方便改在今天下午過來拜訪……姊，我聽妳回答得很乾脆，就在想妳是不是沒在聽……」

聽到這番話，栞子小姐逐漸變了臉色，似乎想起是怎麼回事。

「該不會是那個時候……妳警告我：『看妳是要看書還是刷牙，選一個做』之後……？」

「對，就是那時候！」

篠川文香的手指直指著姊姊。既然那時她在看書，沒聽見也是理所當然。話說回來，這個人連刷牙時也在看書嗎？雖說我一點兒也不意外。

就在此時，有人打開了書店正面的玻璃門。

「打擾了。」

彷彿歌唱般帶有抑揚頓挫的問候聲在店內響起，身穿正藍色直條紋西裝、戴著同花色帽子的小個子男人穿過開著的門，跨過門檻走了進來。橘色的粗領帶令人睜不開眼。手裡提著皮革製的公事包。

這景象一點也不適合七月的北鎌倉，看來十分突兀。我一時間甚至以為走過來的是哪位不認識的藝人。

他的體型圓胖，然而腳步輕快，俐落地閃過書堆走近我們所在的櫃台。呆愣在原地的我們，誰也說不出半句話。

「文現里亞古書堂的各位好，我是舞砂道具店的吉原喜市。」

他泰然自若地以宏亮的聲音自我介紹，像在演戲似地脫下帽子。沒有半根頭髮的頭頂閃耀光澤；他的五官立體，彷彿經過彫刻刀雕琢；不過嘴角及眼尾的皺紋很醒目，看來似乎有些年紀了。

「我是為了太宰治《晚年》的交易來訪。現在方便討論嗎？」

我的腦子總算動了起來。這位老先生就是從久我山家收購了尚大藏書的業者。他的風格與我過去認識的每一位舊書店老闆都不同，外表跟服裝都很講究，對於每個細節都十分小心謹慎，卻也有種難以言喻的刻意，簡直像在忠實地扮演某個憑空冒出來的角色。

我的胸口隱約泛起一股不安的感覺。

栞子小姐領著客人進入主屋的和室。

我在隔壁的廚房將麥茶倒入客人用的玻璃杯，一邊偷偷觀察情況，不過他們還沒有開始交談。自稱吉原的老先生坐在矮桌對面凝視著栞子小姐，親切地瞇著眼睛，表情沒有絲毫改變，就像玻璃打造的一樣。栞子小姐侷促不安地調整坐姿。

篠川文香緊貼在從和室那側看不到的餐具櫃死角。她剛才明明說了要去寫暑假作業。

「文香，妳在做什麼？」

我小聲一問，她豎直一根食指要我閉嘴。

「我想偷聽情況。那個老頭感覺很像騙子。」

這還是她第一次這麼光明正大地宣告自己在偷聽。這個小姑娘有偷聽客人講話的壞習慣。反正就算我阻止，她也不會離開吧。

「……別亂說話，快回妳的房間去。」

我姑且還是以成年人身份提醒她，接著端起擺了玻璃杯與茶點的托盤進入和室。我從一旁將玻璃杯擺到兩人面前，老先生突然帶著笑容開口：

「覺得我是騙子也無可厚非，然而無須對我處處防備。」

廚房裡傳來嗆咳聲。原本只是私下說說，沒想到居然被聽見了。栞子小姐深深鞠躬。

「實、實在很抱歉，說了那麼不得體的話……」

我也連忙做出同樣的動作。怎麼想都是我們有錯在先。順帶一提，躲在廚房那個人沒有要離開的跡象，似乎打算繼續偷聽。

「我因為長時間在國外生活，養成了講話像是在演戲的習慣。尤其是歐美人不懂日本式的曖昧表現。我一開始也很不習慣，不過現在已經能把整個世界當成舞台了。畢竟每個人都必須扮演某個角色。」

老先生別具深意地眨了眨眼睛。即使一開始真的不習慣，現在似乎已經十分樂在其中了。這種說話方式或許正好適合他吧。

「舞砂……是什麼人的名字呢？」

琹子小姐面前擺在這位老先生的名片。「吉原喜市」這個名字旁邊印著「舞砂道具店」。地址是橫濱市中區元町。吉原的視線沒有離開琹子小姐，在矮桌上交握起指節凸出的手指，停頓了一會兒才回答：

「我的祖父是德國人，姓麥斯納。在大正時代（註2）初期開了一家進口雜貨店，也就是我們家族的起源。一開始原本是直接以麥斯納作為店名，但是第二次世界大戰期間，日本國內很忌諱外文名稱，所以繼承家業的父親選了發音雷同的日文漢字。我當時還小，所以也記不清楚詳細情況了。」

這麼說來，他的輪廓的確很像歐美人士。既然出生於第二次世界大戰期間，這位老先生應該頗有年紀，至少有七十幾歲了。

「……您與久我山書房的老闆認識吧？」

現場再度陷入沉默。這位老先生從剛才開始就在觀察栞子小姐的表情，似乎想要判讀出對方到底知道多少事。我不禁想起栞子小姐的母親——篠川智惠子。那個人也曾經擺出類似的態度。

「我原本就對舊書比對古董更有興趣，再加上家父與久我山尚大先生是朋友，這層緣份使我住進久我山家裡工作。尚大先生過世前的幾年，我是學徒兼掌櫃。在他過世之後，我才回到父親的店裡繼承家業。」

我的背脊不自覺地挺直。吉原若是「掌櫃」的話，應該很清楚久我山尚大做生意時的惡行，甚至有可能是幫凶。

「您也認識我爺爺嗎？」

栞子小姐的表情與平常沒有兩樣——應該說和平常一樣，不看對方的眼睛，說話吞吞吐吐——就是她在聊書以外的話題時的樣子。

註2：為西元一九一二～一九二六年。

「……啊啊，是指篠川聖司先生吧。我當然認識他。」

停頓了大約一個呼吸的時間，老先生點點頭。

「我們曾經一起在久我山書房工作過幾年。聖司先生原本是掌櫃，他自立門戶開了文現里亞古書堂之後，就由我接任下一任掌櫃。雖說是掌櫃，也不過就是身強體壯的跑腿工罷了。不管是不是上班時間，尚大先生都很會差遣人去跑腿。」

又多了一件令我介懷的事。既然上班之外的時間也要跑腿的話，這個人應該很清楚久我山尚大的私生活吧？就算知道自己的雇主有智惠子這個私生女也不奇怪。

「因為這樣的緣份，真理夫人才會希望由我來收購尚大先生的藏書……抱歉，我說了太多不重要的事情。差不多該進入正題，看看妳是否要買下我持有的舊書了。」

吉原打開白色皮革公事包，取出一個包袱在矮桌上攤開，露出了寫著「晚年」的舊書。栞子小姐說了「請借我看看」後，便拿起那本書仔細地翻閱。

「……是這本書沒錯。」

我安心地呼了一口氣。對方似乎是真的有心要賣給我們。

「太好了。那麼，我就讓給妳吧，以八百萬日圓的價格。」

聽到老先生不以為意地說出口的數字，我不禁懷疑自己的耳朵。八百萬日圓？正把《晚年》放回包巾上的栞子小姐停下動作。

「您是說，八百萬日圓嗎？」

「是的。因為這本書很珍貴。我想應該有這等價值。」

怎麼可能。我聽栞子小姐說過，《晚年》的初版書如果不是未裁切書，賣價頂多是一百萬日圓左右。儘管這本是太宰自家用的珍貴舊書，價格也不會那麼高才是。再怎麼說，這位老先生付給久我山真里的收購總價也不過一百萬日圓，要哄抬價格也該有個限度。

「似乎比行情價高出許多。」

栞子小姐以鎮靜的聲音說。

「這樣嗎？」

吉原臉上仍舊掛著笑容，雞蛋形的腦袋偏向一邊，視線始終沒有離開栞子小姐。

「我認為這是很合理的價格呢。我相信有客人即使花八百萬日圓也想得到。」

「對太宰自家用的《晚年》感興趣的收藏家的確很多……不過應該沒有人願意出這個金額。」

「對貴店的客人來說或許是如此。比方說，讓妳受重傷、現在正在監獄服刑的田中敏雄先生就不可能出那麼多錢吧，就算他是田中嘉雄先生的孫子。」

我終於搞懂了，這位老先生很清楚文現里亞古書堂無論如何都必須把太宰自家用的《晚年》弄到手。而且他應該也知道田中嘉雄是被迫將這本《晚年》賣給久我山書房的。在知道這些事情的前提下，他打算盡可能地大敲文現里亞古書堂的竹槓。也就是說他跟他的師父一樣，都是貪婪又冷酷的舊書業者。

久我山真里也算準了情況會是這樣，才會找久我山書房的前任掌櫃收購藏書吧。這也是對栞子小姐的報復。

「妳如果沒有意願，我只好賣給其他人了。當然敝店很重視顧客的隱私，所以妳絕對不會知道這本書到了誰的手上。假如錯過今天，妳或許再也沒有機會收購這本《晚年》，至少趕不上在田中敏雄先生出獄之前買回。他究竟會有多麼憤怒呢？光是想像就覺得可怕。我聽說他是個為了舊書不擇手段的人呢。」

老先生故意抖了抖身子。開什麼玩笑，這不等於是威脅嗎？我們怎麼可能接受這種傢伙開出來的條件——

「我明白了。我願意支付八百萬日圓。」

栞子小姐低聲說。我忍不住看向她，想問她——妳是認真的嗎？她輕輕搖頭制止我。

「……因為似乎沒有其他辦法了。」

她面向前方喃喃說。雖然不想承認，但是這場交易的主導權確實不在我們手上。如果對方取消交易，一切就完了。

「謝謝惠顧。」

吉原格外多禮地道謝。光是看到他光溜溜的腦袋就令人不悅。

「妳打算如何付款呢？要立刻支付全額應該有困難吧？我可以給妳一些時間。」

「明天先支付一半……剩下的，下個月再支付，可以嗎？」

「當然。我們現在就簽訂買賣契約吧。只要先付一點訂金給我，今天就可以把《晚年》給妳。」

我只能默不作聲地看著眼前的交易平淡地進行。我想起栞子小姐稍早說過的話。栞子小姐雖然提過店裡有因應高額收購的預備金，不過應該還是不夠用吧。該從哪兒拿出這筆錢呢？更別提文現里亞古書堂的營收目前正陷入赤字。

「……那麼，交易就此成立。請收下商品。」

吉原把《晚年》推向我們，在栞子小姐拿起之前，又在旁邊擺了一本書。

那是一本單薄的小書，看來像是某種簡介手冊，書名是《人肉質入裁判》。從紙質和變色的情況來看，應該是年代相當久遠的書。

「這本書就當作是購買《晚年》的贈品，不收錢。」

栞子小姐看了書封一眼，顯然正感到不解。她似乎也不明白對方為什麼要附贈這本書。

「這也是久我山尚大先生的藏書吧？原本與《晚年》一起收在書櫃裡……」

「是的。這是我收購的藏書之一。」

吉原點頭。琹子小姐拿起《人肉質入裁判》快速檢查書頁。吉原緊迫釘人地以雙眼跟隨她的動作。

「謝謝。我就收下了。」

琹子小姐鞠躬。大概是沒有理由拒絕吧。她把那本舊書疊在《晚年》之上。

明明自己說了交易成立，吉原卻始終沒有離開的打算。見他不發一語地坐著，琹子小姐正要開口。

「那個，您還有……」

「妳有沒有從智惠子女士那兒聽說過關於我的事？」

吉原打斷她的話；親切的態度沒有改變，不過氣氛與之前有些不同。一聽到母親的名字，琹子小姐繃起臉。

「……沒有。」

「妳最近曾經和智惠子女士見面嗎？」

「好一陣子沒見了。我們也沒有聯絡……我連她在哪裡都不清楚。您為什麼會問起家母呢？」

吉原的視線突然變得銳利。我的心頭感到一股不安。

「我們認識。智惠子女士還是大學生的時候，教她外文書相關基礎的人就是我。她是很優秀的學生呢。當時她專攻歷史學，研究歐美古老典籍相關領域。說是研究，一方面也是她個人的興趣吧。」

我感覺一股寒意竄過背後。以前曾聽她的朋友說過，篠川智惠子在學生時代對於「近代歐洲的出版通路」很感興趣。假設吉原所言不假，眼前這位老先生也可說是篠川智惠子的師父了。

我剛才還覺得他那個像是在讀取他人情緒、令人不舒服的眼神，與篠川智惠子相似，或許恰好相反，也許是篠川智惠子像這位老先生吧？

「原本尚大先生是打算自己教她，不過尚大先生雖然擅長外文舊書交易，對書的內容卻一無所知，因為他幾乎不讀書。我便奉命指導智惠子小姐。一方面也是因為我的祖父出生於德國，我是在外文書的環繞下長大的。」

他很自豪地強調德國這個國名。栞子小姐突然蹙眉。

「為什麼久我山尚大先生要教導家母舊書知識呢？」

吉原的眼睛一瞬間驚訝地瞇起，接著剛剛不曾見過的喜悅在他臉上綻放。糟了！——我心想。栞子小姐不知道久我山尚大與篠川智惠子的關係，而這位老先生發現了這一點。吉原拍了拍自己的腦袋，發出清脆聲響。

「我好驚訝啊，沒想到妳居然不知道嗎？智惠子女士也真是惡劣。」

「……什麼意思？」

「沒什麼，尚大先生其實是智惠子女士的……」

「請等一下！」

我忍不住大叫，但這行為也是個敗筆。老先生瞥了我一眼。我的反應等於告訴現場所有人，栞子小姐都不知道的篠川家祕密，我這個外人卻知道。

「尚大先生是智惠子女士的父親。他原本希望智惠子女士繼承久我山書房，所以打算訓練她，卻以失敗收場。」

吉原繼續往下說，像是什麼都沒聽見一樣。

「也就是說，妳是尚大先生的孫女。」

『咦——！』

大叫的不是栞子小姐也不是我。在場三人同時轉向隔開廚房的紙拉門。看樣子她還在偷聽。這麼一想，栞子小姐的妹妹也是久我山尚大的孫女。

「我明白了……您還有其他事情嗎？」

栞子小姐說。看來她已經恢復平靜。她對於剛才這顆震撼彈有什麼想法，我一點兒頭緒都沒有。

「不，已經沒事了。我由衷期待有機會與妳再次交易。」

吉原把手擺在胸前，誇張地道謝。

休想再有第二次——我心想，卻沒有膽子說出口。

4

隔天，文現里亞古書堂重新開門營業。

我在櫃台旁更換舊漫畫專區的商品。原本站在店裡看書的客人，不知道何時已經不見蹤影，店裡只剩下我一人。因為天氣熱的要命，即使到了下午也不見客人上門。栞子小姐為了把《晚年》的費用匯給舞砂道具店而外出去銀行了。

昨天吉原喜市離開之後，我原以為她會問我許多問題，她卻只說：「等明天冷靜下來再談吧。」今天一早我到店裡上班時，除了交待公事之外，我們也幾乎沒有對話。

正把藤子不二雄的《新．小鬼Q太郎》插入書櫃裡的我，停下手上的動作。

（我不是故意瞞著不說。）

我發現篠川智惠子是久我山尚大的女兒，是一個月前的事。我以沒有證據當作藉口，瞞著栞子小姐沒說，也沒有親自確認真實性；我想我是害怕吧，我不想見到栞子小姐為了自己與外公或母親的關係更加煩惱。但如果是以那種方式揭露，從我的口中說出來還比較好。

櫃台後側的門打開，栞子小姐從主屋出現。

「……我回來了。」

她大概是從主屋玄關進來的；也就是說她剛才經過了店門前，我卻完全沒有注意到。她似乎是匆匆回到店裡來，白皙的脖子與上臂都有一層薄汗。

「辛苦了。外頭很熱吧。」

店裡也有些熱。我回頭一看，發現拉門半開；剛才離開的客人忘了把門關上。

「……很熱。」

她害羞地小聲回答，沒看向我的眼睛。她從昨天起就一直是這樣。我果然必須好好道歉才行。我停下工作轉向她。

「大輔。」

我才要行動就立刻遭遇了挫折。她的視線仍落在櫃台上，繼續說：

「你從家母那兒聽到多少關於我外公、外婆的事？」

她知道我是從篠川智惠子那兒得知的。這也是當然，會告訴我那些事情的，沒有其他人了。

我做好覺悟後，做了簡短的說明——智惠子的母親是久我山尚大的情婦。她現在仍與新的家人同住在鎌倉市的深澤。然後，久我山家的藏書狀態只有久我山書房的繼承人有資格看到，篠川智惠子卻很清楚；而有這個機會的，只有尚大的妻子及情婦的女兒。

我說完之後，栞子小姐仍舊保持著同樣的姿勢。「對不起。」我鞠躬道歉後，她才驚訝地看著我的臉。

「為什麼道歉？」

「因為……我早就知道了，卻一直沒告訴妳。」

「你不告訴我也很正常。別放在心上。」

栞子說得乾脆，似乎沒有生氣。我稍微鬆了一口氣。

「而且，其實我也考慮過這種可能性。」

「真的嗎？」

「是的。正如大輔剛才所說，家母很清楚久我山尚大先生的藏書情況。雖然也有可能是偷看的，但我不認為那家人會那麼大意。假如母親是尚大先生的女兒的話，有那種機會也就合理了。」

她果然懷疑很久了。我也覺得自己早就發現的事情，她不可能完全沒有注意到。

「光是知道外婆還活著也是件好事。母親雖然說過：『我的家人已經不在了。』不過現在想想，她也沒說他們都過世了，所以一定是指已經因婚改姓、對方不再是自己的家人這個意思吧。」

栞子小姐語帶雀躍，不過老實說我卻開心不起來。我明白對方已經再婚，有新的家人，但是既然住得這麼近，正常人應該至少會過來看看孫女們吧。或許她有無法這麼做的原因，也有可能是她的個性比較特別；畢竟她是篠川智惠子的母親。

「呃……大輔，你還好嗎？」

「咦？啊、抱歉。妳剛才說什麼？」

她在對我說話，我卻沒聽見。她換了幾次握拐杖的姿勢之後，重新鼓起勇氣開口：

「我家的事……很煩人吧？」

「什麼？」

我對於她在說什麼，一點頭緒也沒有。

「我明白我直接這麼問，你也無法說真心話，不過……我的母親是那樣的人，她的父親也實在不是什麼好人……所以我在想，你是不是厭惡了和我，呃，交往呢……」

「絕對沒有那種事。」

我的語氣比想像中強烈，栞子小姐嚇得睜大雙眼。我深呼吸讓自己冷靜下來。

「我完全不覺得討厭……不管是母親或外公，都和妳一點關係也沒有。如果要那樣說的話，我家也有不可告人的事情，不是嗎？」

我的外婆跟人外遇，還生了孩子。情況雖然不同，但大致上來說都是不可告人的事情。儘管不是每個家庭都如此，不過我想家家有本難唸的經，只是大家都沒有說出來而已。

「妳覺得我家的情況很煩人嗎？」

栞子小姐搖頭。

「既然這樣何必在乎呢？事情都已經過去了，也不是現在才發生的。只要我們今後謹慎行事就好。」

栞子小姐可能也沒察覺到，自己真正不安的原因，或許是擔心有一天自己也會像外公或母親那樣，為了舊書威脅別人或拋棄家人，或是做出其他更可怕的行為。

我無法想像這個人會踏過別人的屍體滿足自己的貪婪。不管發生什麼事，我相信她一定能夠找到其他出路，而我希望到時候成為她的支柱。

「……『啊啊，喜悅之外的思緒全部煙消雲散；無數的疑慮、魯莽的絕望、令人毛骨悚然的不安、發狂的嫉妒都消失了』……」

栞子小姐低著頭喃喃自語，語尾微微顫抖。

「那句話是什麼意思？」

栞子小姐的妹妹問。對，我也正想要問。大概是引用自某本書的句子——嗯？

「妳怎麼會在這裡？」

篠川文香不曉得什麼時候雙手抱胸，出現在我們旁邊。

「你這樣問……因為我覺得偷聽不好啊，就大大方方出來聽嘍。」

她對自己的行為沒有半點歉意。我嘆氣。

「妳也可以不要聽啊……」

「因為這些事情也和我有關嘛！他們也是我的外公、外婆啊！」

她氣息不穩地這麼主張。這麼說也沒錯，這個小姑娘也不是局外人。

「既然真理婆婆的丈夫是我們的外公，久我山家與我們家就有血緣關係，對吧？鶴代阿姨是我們的親阿姨，寬子姊是表姊……啊，不過真理婆婆不算，畢竟我們真正的外婆是住在深澤那位。」

她的食指到處亂揮，一個人說得頭頭是道。

「小文，這些話可別講出去。我們還不知道鶴代阿姨、寬子小姐是否清楚這些事情。」

琹子小姐板著臉提醒。至少久我山寬子就算得知自己和這兩個人是表姊妹，也應該不會高興。我認為與琹子小姐有血緣關係，只會讓她更反感。

「我知道、我知道……可是，我想見見外婆。明明就住在附近卻沒有往來，太可惜了。」

她以下顎指著深澤的方向。似乎只要對方答應的話，她真的會明天就跑去、與對方熟識一番再回來。從好的方面來說，她不曉得客氣是何物這一點並不討人厭。

「話說回來，姊，真的不要緊嗎？」

「……什麼事？」

「錢啊，錢，太宰治那本書的錢。我們店裡哪有那個本事拿出八百萬日圓啊？」

這個不懂客氣是何物也不討人厭的小女生直接命中核心。栞子小姐略帶尷尬地瞥了我一眼。看樣子果然不夠。

「別擔心。我會想辦法。」

她很乾脆的這樣結語。妹妹對於這個答案當然無法接受——不過她突然張開雙手抱住姊姊，姊姊也理所當然地回擁。這對姊妹有跟家人互相擁抱的習慣。她們相擁短短幾秒就分開，彷彿什麼事也沒發生。

「今天就先這樣吧！但是，如果錢方面有困難的話，妳要和我商量噢。主屋的家計簿是我在記錄……那麼，我去補習班了。我會順道去超市採購，所以可能會晚一點回來。」

她說完就返回主屋。雖然她理所當然地包辦了家事，但是同時還要準備升學考試，鐵定一點也不輕鬆。門關上之後，我們仍然好一會兒沒說話。

「光考慮書店經營的話，我想錢是沒問題的。」

大概是察覺我想問，栞子小姐終於開口。

「還有其他開銷嗎？」

「是的……改天我再詳細說明。我希望也讓你知道。」

看樣子是不方便在店裡談的事情。

「現在更重要的是，我很擔心……向吉原先生購買藏書這件事情，或許還沒有落幕。」

「那個老頭又跟妳說了什麼嗎？」

「不是那樣……只是我到現在還不明白他究竟在盤算些什麼。除了將《晚年》以高價出售之外，我猜還有其他的打算。」

我的腦海中浮現那位老先生與篠川智惠子相似、能夠看穿一個人內心的視線。的確很難用「為了賺錢」來解釋這一切。

「你看這個。」

琹子小姐拿起擺在櫃台上的小型薄冊，給我看封面。這本《人肉質入裁判》是那位老先生與太宰的《晚年》一同留下的舊書。我接過書，翻開書頁。書封單薄，內容也只有二、三十頁。似乎是年代相當久遠的書，漢字全都是舊字體，也完全沒有換行及標點符號。

『……巴薩尼奧連忙說錢在這兒但法官波西亞卻制止他並柔聲說夏洛克除了可以照約拿一磅肉作為抵押品以外……』

我突然感到暈眩，連忙甩甩腦袋，抬眼往上看；最近我無法閱讀的「體質」已經有稍微改善了，不過這種文字密密麻麻擠在一起的頁面還是讓我難受。內容在說什麼我完全看不懂。但書名寫著「裁判」兩字，或許與法庭上的爭論有關。

「吉原先生把這本舊書交給我之後，很明顯在觀察著我們的反應……你要不要緊？」

栞子小姐的聲音從視線外傳來。我回答「不要緊」，再次把眼睛轉向《人肉質入裁判》上。也就是說這本舊書有某些意義。我一口氣翻到最後一頁，檢查版權頁。出版社是一間叫「鶴鳴堂」的公司，「翻譯者」是井上勤，還印有「明治十九年八月九日翻印出版」的字樣。

「明治十九年是……」

「也就是一八八六年，距今大約一百三十年。」

栞子小姐立刻回答。再往前一點就是江戶時代了。這本書比我目前在文現里亞古書堂看過的書都更古老。

「這是劇本的翻譯改編版，也是這部知名作品第一次翻譯成日文。明治十九年發行的這本是再版書，初版書是由其他出版社在明治十六年發行。」

這個人還是一樣，只要提到書就像打開了開關，說話變得十分流利。

「翻譯改編版的意思是，這是外國的劇本嗎？」

「是的。我想大輔應該也知道劇名。」

既然是明治十六年出版的譯本，表示作品的發表是在更早之前。我的人生與外國古典文學向來沒什麼緣分。既然現在仍有出版的話，應該是長久以來都備受大眾喜愛的作品。

「……我完全想不到。」

見我投降，栞子小姐揭曉答案。

「是威廉．莎士比亞的《威尼斯商人》。」

5

啊——我差點叫出聲。

連我都聽過《威尼斯商人》。印象中是有個以人肉為抵押品借錢的黑心商人，後來鬧上法庭的故事。仔細想想，《人肉質入裁判》這書名就是在描述這個故事內容。我剛才看過的文章裡也出現了「肉」、「抵押品」等詞彙。

我當然沒有讀過劇本，也未曾看過舞台劇演出。不只是《威尼斯商人》，其他的莎士比亞作品都是如此。

「一提到莎士比亞就想到那個吧……《羅密歐與茱麗葉》之類的。」

「是的。知名度最高的還是《羅密歐與茱麗葉》，畢竟曾多次被翻拍成電影。」

只有這一部連我也知道故事內容，因為我看過李奧納多．迪卡皮歐演的電影版本——一對男女出生在始終是死對頭的兩個家族，卻雙雙墜入愛河，最後殉情而死的悲劇。我媽是李奧納多的影迷，我在家裡陪她看了好幾次ＤＶＤ，看到都煩了。雖然這個版本的電影設定的時代是現代。

「莎士比亞是哪個時代的人呢？」

我對他的印象只有教科書裡的古代偉人，對他的肖像畫也只有模糊的印象。

「他於一五六四年出生在英格蘭中部的史特拉福（註3）。十六世紀末到十七世紀初主要以劇作家身份活躍於倫敦。一六一六年逝世，享年五十二歲。他所在的時期相當於日本的安土桃山時代到江戶時代初期。卒年與德川家康相同……關於他本人的紀錄幾乎沒有留下，所以他的一生充滿神祕色彩。」

栞子小姐馬上就說出答案。換算成日本的時代來看，感覺是很久以前的人，畢竟他的年代與戰國武將差不多。

「儘管如此他仍是世界上最有名的文學家之一。日本也在這本《人肉質入裁判》出版的明治十幾年開始正式翻譯或改編，儘管時空背景不同，依舊大受歡迎。最近也發行了新譯本全集。」

這麼說來，我也在一般書店看過一整排的莎士比亞劇本。看來不只戲劇有很多人觀賞，他的

註3：Stratford-upon-Avon，意思是雅芳河畔史特拉福，台灣通常簡稱史特拉福。

劇本也有很多人閱讀。

「他有哪些作品呢？」

「很多……首先是悲劇。除了《羅密歐與茱麗葉》之外，被稱為四大悲劇的幾部作品也很知名，像是《哈姆雷特》、《馬克白》、《奧賽羅》、《李爾王》……」

「這麼說來我幾乎每一部都聽過……啊，《奧賽羅》好像沒有。」

「單知道《奧賽羅》這個名稱的人也很多。你記得嗎？有個黑白棋遊戲就叫做『奧賽羅』，用正反兩面分別塗上白色與黑色的棋子區分敵我、搶地盤……據說是源自於翻轉棋（Reversi）。」

「欸……所以遊戲的名稱就是來自於莎士比亞的《奧賽羅》嗎？」

栞子小姐點頭。

「《奧賽羅》是以中世紀的義大利為舞台，故事講述摩爾人（黑人）將軍奧賽羅誤中部下伊阿古的詭計，因此嫉妒發狂，殺死了妻子苔絲狄蒙娜。據說奧賽羅棋的命名就是參考奧賽羅與苔絲狄蒙娜的膚色，以及登場角色詭譎多變的背叛行為（註4）。」

我完全不知道莎士比亞的作品居然跟我身邊的東西有關。

「這麼說來，莎士比亞的悲劇中，是不是有句很有名的台詞？好像是『該活著還是該死去』之類的……」

「To be, or not to be, that is the question. 出自《哈姆雷特》的這句，對嗎？」

我還沒有說完，栞子小姐已經搶先回答。她的英語發音很日式，不過也因此令人倍感親切。

「故事的舞台是中世紀的丹麥皇室。王子哈姆雷特的父王遭到暗殺，他想向身為兇手的叔叔復仇，但同時也對自己的人生充滿苦惱……這句台詞就是出現在他陷入苦惱的場合。看起來優柔寡斷的青年哈姆雷特這個人物的設定，也帶給後世文學莫大的影響。太宰治也是從《哈姆雷特》獲得靈感，才寫出了長篇小說《新哈姆雷特》。」

一提到優柔寡斷的青年，太宰治或太宰的書迷似乎就會不自覺地把自己代入角色。雖然哈姆雷特是丹麥的王子——我突然不解地偏著頭。

「嗯？作者明明是英國人，可是《哈姆雷特》跟《奧賽羅》都不是英國的故事？」

「莎士比亞也寫過許多以伊莉莎白時代（一五五八～一六〇三年）以前的英格蘭皇室為舞台的歷史劇……不過，幾乎沒有以他活著當時的英國為舞台的戲劇。《凱撒大帝》、《安東尼與克麗奧佩托拉》等則是以古羅馬為舞台。莎士比亞以各式各樣的時代為背景，撰寫的故事類型多變，自由自在的風格正是他的賣點吧。他也寫過許多喜劇。」

「喜劇？」

註4：「背叛」的日文也有「翻面」的意思。

我反問。因為《羅密歐與茱麗葉》的印象，我還以為他寫的都是些沉重的作品。

「是的。由於當中也有不少作品帶有嚴肅的成份，因此哪些可以歸類為喜劇，分類上著實困難……代表性的作品有《馴悍記》、《皆大歡喜》、《仲夏夜之夢》、《愛的徒勞》、《無事生非》……」

栞子小姐洋洋灑灑說了一大堆。光是喜劇的代表作就有這麼多部。他究竟寫過多少部作品呢？而且他的每一部劇名，我居然或多或少都有聽過。

「……當然《威尼斯商人》也是很有名的喜劇。」

「這樣啊……欸，《威尼斯商人》是喜劇嗎？」

我一直以為既然出現切人肉這種殘忍的內容，一定是很黑暗的故事。

「這個故事由各式各樣的元素交織而成，不過姑且被分類為喜劇。莎士比亞的戲劇名稱也是有規則的，悲劇或歷史劇等嚴肅的內容，通常會以登場角色作為劇名。喜劇則像《威尼斯商人》一樣，沒有套用這項規則。」

我回想栞子小姐所提到的戲劇名稱。這麼說來的確每一部都是如此。

「我對《威尼斯商人》的故事不是很清楚……哪個部份算是喜劇呢？」

「這個嘛，我該從哪裡開始說明才好呢……」

栞子小姐示意我坐到旁邊的椅子上，自己也理所當然地在另一張椅子坐下。看來會說上一段時間。我把現在應該要工作的念頭逐出腦袋。聽栞子小姐說故事比較有趣。

「故事是從威尼斯的年輕人巴薩尼奧，為了向美麗的千金小姐波西亞求婚，而跟身為貿易商的朋友安東尼奧借錢開始的。由於安東尼奧的手邊正好沒有現金，便找上了放高利貸的猶太人夏洛克融資，對安東尼奧懷有惡意的夏洛克提出一項條件——如果無法在期限之內還錢的話，就要切下一磅身上某處的肉還債。」

「一磅的肉大約是多少？」

「不到五百公克，所以……差不多是這樣吧？」

栞子小姐將握拳的雙手合在一起。還不小呢。如果切在不該切的地方，很有可能死掉。

「安東尼奧同意了他的條件，卻因為暴風雨失去他的船隻，期限到了也無法還錢，不得已只好履行契約。夏洛克不聽其他人的勸說，執意要拿到安東尼奧身上的一磅肉。」

不知不覺間，我的腦子自動把夏洛克想像成那個蛋頭老人的樣子；吉原喜市也藉著賣《晚年》的機會對我們亂開條件。他或許和夏洛克一樣，對於栞子小姐抱持著某種惡意。

我望著櫃台上的《人肉質入裁判》。這麼說來栞子小姐曾說，吉原拿出這本書是有原因的。

「……我認為，這本《人肉質入裁判》可能是吉原先生對我的測試。」

栞子小姐小聲說。不知道什麼時候，她也看向那本舊書。

「測試？」

「我猜他拿出這本書，是為了確認我具備多少知識。」

栞子小姐在檢查這本書時，他的雙眼的確緊盯她的一舉一動，彷彿不想錯過任何風吹草動。

「我記得他這麼說過……『不過現在已經能把整個世界當成舞台了。畢竟每個人都必須扮演某個角色』。」

「嗯，他是說過。」

我點頭。因為他的說法太詭異了，所以我印象深刻。

「整個世界就是一個舞台，人類都是在演戲的演員——這是莎士比亞的戲劇中不時會出現的想法，稱為Theatrum Mundi……也就是世界舞台的意思。在《威尼斯商人》的第一幕，安東尼奧就曾經對朋友這麼說：『葛萊西安諾，這世界不過就是一個世界，沒什麼了不起的，也就是舞台，每個人都必須在這舞台上扮演一個角色』。」

與那位老先生的話很類似。能夠輕易看穿這一點，栞子小姐也不是等閒之輩。吉原當時別具深意地眨了眨眼睛，也正表示了這是刻意的演出。我雖然不是很了解這本書，不過可以從事件的各個角落嗅到《威尼斯商人》的味道。

「也就是說，他在測試栞子小姐是否熟悉莎士比亞嗎？」

「是的。也在測試我聽到什麼樣的話題會受到影響……我的母親也經常這麼做。」

原來不是只有我從吉原的態度聯想到篠川智惠子。畢竟是自己的親生母親，會注意到這一點也是理所當然。

「所以妳才故意不做任何表情變化嗎？」

這個人雖然很緊張，但除此之外的情緒幾乎沒有顯露在外，直到篠川智惠子的名字出現。

「是的，唉……不過最後還是失敗了。」

栞子小姐呼地吐出一口氣。不對，也許吉原是因為無論聊什麼，這個人都面不改色，才焦急打出栞子母親這張王牌——雖說先不小心做出反應的人是我。

「對不起，我還沒說完《威尼斯商人》的內容。」

栞子朗聲說，似乎想要化解原本沉重的氣氛。這麼說來也是。我重新調整好坐姿。

「於是，以一磅肉來還債的契約糾紛搬到了法庭上。夏洛克拿契約書當後盾，意圖逼死安東尼奧，嫁給他朋友巴薩尼奧的波西亞卻靈機一動，加上了但書，要求割下一磅肉時不准流出一滴血。」

「這樣啊，這樣就贏定了吧。」

不准流血就無法割肉。我也是現在才知道故事裡有這麼巧妙的安排。

「是的。敗訴的夏洛克因為殺害安東尼奧未遂被判有罪，所有財產暫時充公，不過在威尼斯公爵的憐憫之下，要他把一半財產讓給自己的女兒，並且改信基督教，這才免了他的罪。」

「嗯？為什麼突然冒出基督教？」

感覺跟這個故事沒什麼關係。栞子小姐像舔到苦澀的東西似的皺起臉。

「事實上，《威尼斯商人》裡有個問題……就是支持基督教徒迫害猶太人。夏洛克這個角色被設定成貪婪又固執，就是按照當時一般大眾對猶太人的偏見；而基督教徒安東尼奧平日更是不斷激烈批評放高利貸的猶太教徒夏洛克，甚至朝他吐口水。」

「這也難怪夏洛克那麼憎恨安東尼奧了。」

「唉，雖說如此，我認為想要殺掉對方還是太過分了……當時的觀眾看到滑稽的守財奴最後受到懲罰，都認為這是一齣大快人心的喜劇吧。撰寫這齣戲劇的時代，倫敦幾乎沒有猶太教徒居住，也因此充斥著他們是放高利貸的異教徒這種偏見。」

「這齣戲現在還是有在上演吧？」

以前她曾經提過因為殘障團體的抗議，手塚治虫的《怪醫黑傑克》短篇未能夠收錄在漫畫單行本中。因此就算是好幾百年前的作品，到了現在仍會有人感到被冒犯吧。

「這齣戲在世界各地皆有演出。雖然有問題，不過這齣戲的內容也可以有形形色色的解釋。莎士比亞不是把夏洛克當成普通的壞蛋角色，而是仔細地將他描寫成因為受傷而憤怒的人；自己的信仰與職業頻頻遭到否定，才想殺死安東尼奧報仇……他感嘆女兒和基督教徒私奔的場面尤其有名。夏洛克對著看不起自己、奪走他重要寶物的基督教徒大喊：

『猶太人沒有眼睛嗎？猶太人沒有手嗎？沒有五臟六腑、四肢身體、知覺、情感、喜怒哀樂嗎？我們吃著與基督教徒相同的食物，同樣會被武器所傷，同樣會生病，同樣能夠因為治療而痊癒，同樣會感受到冬天的寒冷與夏天的酷熱，難道不是嗎？』」

栞子小姐以清澄的聲音淡然背出內容，更加凸顯台詞的激昂。光聽到這些，只會覺得這齣戲是在否定歧視。

「那個時代的政府並未公開禁止種族歧視，我認為替壞蛋角色準備這樣一段台詞的莎士比亞真的很了不起。近代後上演這齣《威尼斯商人》時，多是安排讓觀眾設身處地想想夏洛克的感受，因為這齣戲從夏洛克的角度來看是悲劇……由於也可以從這種角度來解釋，我認為這齣戲的確是相當出色的作品。」

我心中仍然充滿著栞子小姐背誦內容的餘韻，似乎能夠體會莎士比亞了不起的原因。

「……如果過度強調夏洛克是被害者，安東尼奧那邊的劇情就會顯得膚淺、不自然了。」

聽到這句話，我們反射性地挺直了上半身。太專心說話了，就連有人進來都沒發現。一位穿著黑色POLO衫及棉質休閒長褲的小個子男性站在狹窄的通道上；光滑的白皙肌膚上留有剃鬍之後的青色鬍渣。從額頭的下垂狀態判斷，年紀至少有三十五歲以上。

開口說話的人看來也很驚訝；他似乎是在找尋打斷我們談話的時機時，不自覺地說出了那些話。或許是喜歡莎士比亞戲劇的人。

「抱、抱歉……請問有需要幫忙的地方嗎？」

栞子站起身一問，男子不悅地蹙眉。

「我只是陪客。有事找你們的是家父。」

男子背後一位拄著拐杖的老人探出頭來。不僅身高差不多，老人與兒子也有著十分相似的五官；曬黑的皮膚使他顯得很健康；白色麻質外套下綁著如今很少見的保羅領帶（註5），頭戴綴著緞帶的草帽。

「大家好、大家好，午安，今天真熱啊！」

他仍舊站姿不穩地側著上半身，拿下帽子大聲打招呼，果然很快就失去平衡，被兒子扶住手臂。接著便以這個姿勢走近栞子小姐。

「敝姓水城。水城祿郎。妳是篠川栞子小姐嗎？」

「是、是的……」

栞子小姐回答。既然知道她的全名，恐怕不是一般來買賣舊書的客人吧。

「其實啊，我是妳的……呃，該怎麼說才好？一言以蔽之的話……」

他閉上眼睛，草帽開始微幅顫抖。在眾人的等待下，沉默持續著。結果他似乎想通了無法只用一句話解釋清楚。把草帽擺在櫃台上後，用一臉豁出去的表情指著自己的胸口。

「我是水城祿郎！」

我咬緊臼齒忍住笑意。看樣子他打算從自我介紹的地方重頭來過。

「我的老婆是水城英子……英子是妳的外婆。」

我知道栞子小姐屏住了呼吸。第一次聽說她外婆的名字；不只是我，她應該也是。水城突然放開拐杖，搖搖晃晃地將雙手往櫃台上一擺，朝栞子小姐深深鞠躬。

「我有事想要找妳商量，是關於我妻子……英子的書。」

6

「哎呀，真是間好房子呢。」

盤腿坐在矮桌前，水城祿郎瞇起眼睛環顧和室；就是我們昨天與吉原喜市討論事情的房間。

「過、過獎了……這麼老舊的房子……」

栞子小姐縮起脖子說。

「沒那回事、沒那回事。還是老式的日本建築讓人比較靜得下心。我們以前也是住在獨棟的

註5：bolo Tie，也稱領繩，在美國電影的西部牛仔身上經常可以看到。

透天厝，不過這種房子無論如何都會有高低差，樓梯也很陡。我現在的腳力不如以往，所以大約在兩年前，搬進了單軌電車的深澤站附近的大樓。兒子也住在同一棟大樓的不同樓層……啊，謝謝。」

他指著就坐在隔壁的兒子，一邊向送上麥茶的我道謝。被指著的兒子只是不發一語地低著頭；他從剛才就沒打算自我介紹，一副坐立不安的模樣，的確如他所說的只是陪客。

水城老先生則是心情很好，大概本來就是愛說話又開朗的人，不過有了昨天那位吉原的例子，我還無法放下戒心。

「實在很抱歉，關於外婆的事情……家母沒有跟我提過。雖然這樣問很失禮，呃、請問您們是什麼時候結婚的呢……？」

老人突然正色，放下玻璃杯。

「沒什麼好失禮的。我們早就知道妳住在這裡，卻從來沒有來看過妳，過了這麼久才來拜訪，真是抱歉。」

他再度深深鞠躬，維持那個姿勢好一陣子後，突然難為情地笑著，面向栞子小姐。

「至於我們結婚的時期啊，我跟英子登記結婚是在大約三十年前，就是妳的母親……智惠子嫁入這裡之後不久。我與過世的妻子之間也有兩個孩子，這個兒子上頭還有一個年紀相差很多的大女兒；在那個女兒結婚之後沒多久，我和英子就住在一起了。」

我在腦子裡整理他說的內容。也就是各有子女的男女兩人結了婚，與對方的孩子之間自然沒有血緣關係，所以這個人剛才之所以無法一語道盡與栞子小姐的關係，是因為從血緣上來說，他不是她的外公。

「我們當時都五十幾歲了，又有疾病纏身，也過了很久身邊沒伴的生活，雙方都正感到不安。隆司，英子來的時候，你幾歲啊？」

老先生問兒子。我們這才知道兒子的名字。

「十一……或十二歲吧。」

水城隆司回答得很無奈。母親早逝，年紀相差甚遠的姊姊又結婚了，在他才小學高年級的時候，繼母就搬進了家裡——那時他的年紀已經大到無法馬上就接受這一切；然而要他明白那只是父親的伴侶，年紀又還太小了。他與繼母的感情或許不太好吧。

「現在是您們夫妻兩人同住嗎？」

「是的、是的。兒子上大學、開始獨自生活之後，我就一直和英子兩人住在一起……這孩子即使畢業之後在自家工作，也是住在附近的大樓，不是住在老家。」

老人不滿地瞥了兒子一眼。父親或許希望能跟兒子住在一起吧。

「他如果想要獨立也罷，身為家長，我也希望他能成家立業。都已經要四十歲了，還一個人這麼悠哉……」

他說的話愈來愈像是抱怨。水城隆司緊繃著臉。

「這些話跟那件事無關吧？」

他小聲輕斥父親。我同情兒子；要不要結婚都是個人的選擇，他應該也不想被初次見面的我們得知個人隱私。

「您剛才說在自家工作……您是自己開公司嗎？」

琹子小姐換了話題。老人把手舉到面前揮了揮。

「不是公司那麼了不起的東西，我是在地的小小牙醫。如果有經過單軌電車深澤車站旁邊，應該可以看到舊大樓的二樓有一塊『水城牙科』的招牌。就是那裡。」

我想了想，這麼說來似乎有看過。

「診所現在已經交給這孩子，我是樂得退休……話雖如此，有些老患者還是習慣找我看診，所以我一週還是會去診所一、兩次。」

「您與外婆……呃，是在哪裡相識的呢？」

「她是我們診所的患者。」

水城祿郎露出潔白的牙齒微笑。不愧是牙醫，牙齒散發著健康的光澤。

「不過患者不是英子，而是智惠子。她還是小學生的時候，英子帶她來治療蛀牙。她從那時起就是個堅強、認真的孩子。」

水城懷念地望著遠方。我完全無法想像篠川智惠子小時候會是什麼模樣。雖說人類不可能一生出來就是大人。

「等待治療時，母女兩人默默地讀著從自己家裡帶來的幾本厚書。每本書看起來都很有深度，所以在候診室裡格外醒目。」

栞子小姐理所當然地點點頭。這個人小時候在醫院裡一定也做過一樣的事。跟篠川智惠子母女兩人抱著一堆書──我突然想到。

「栞子小姐的外婆……英子女士也喜歡看書嗎？」

我插嘴。這麼說來，這位老人剛才說過，想商量的事情與他妻子的書有關。

「應該是吧。因為工作性質的關係，我想她應該很喜歡看書。現在也經常去逛一般書店。」

「請問她從事的工作是……？」

栞子小姐問，水城擺出拿筆寫字的姿勢說：

「自由譯者。雖然也翻譯過一些書籍，不過主要是在做那個、叫做實務翻譯嗎？就是把企業的合約或資料譯成日文或英文的工作。她現在已經退休了……果然叫英子的就是要擅長英文。」

哈哈哈！──老人家放聲大笑，笑到肩膀都在晃。兒子則露出不耐煩的表情。看樣子他平常就愛講這個冷笑話吧。

「外婆年輕時就從事翻譯工作嗎？」

書這個字眼一出現，栞子小姐就像啟動了開關，說話變得流暢許多。篠川家從祖父母那一代就盡是些與舊書、書籍有關的人，搞不好再往前幾代追溯也是如此。生出栞子小姐這樣的人也不奇怪。

「聽說她就讀女子大學英文系的時候，就接過一些翻譯的打工，真正開始做翻譯則是在生下智惠子之後；因為她可以待在家裡一邊照顧孩子一邊工作。她幾乎是靠翻譯工作拉拔智惠子長大、進入研究所就讀，所以真的很了不起……不過她也因為過勞而病倒了。」

啊——栞子小姐叫了一聲。似乎想起什麼事。

「家母沒有完成研究所的學業，該不會就是這個緣故？」

「原來妳知道啊。」

水城祿郎點頭。我聽說篠川智惠子是「因為家裡的事」從研究所休學，隨後就開始在文現里亞古書堂工作。

「那麼妳應該也知道英子和智惠子斷絕母女關係了吧。」

「咦！」

這件事倒是第一次聽說。栞子小姐也愕然。

「為、為什麼？」

「因為她聽說智惠子在這家書店工作。英子非常討厭舊書店。她說舊書店是利用別人的弱點、便宜買下對方的書再高價轉賣的工作……啊啊，抱歉。雖然我以前就常跟她說那樣的舊書店應該不多才是。」

我無法開口贊同他。因為那種利用別人的弱點、抬高價格賣出《晚年》初版書的舊書業者，昨天正好就坐在這個人現在坐的位置上。

「為什麼……會那麼討厭舊書店呢？」

栞子小姐問。始終輕快地說話的水城，首次吞吞吐吐說不出話。

「因為……英子年輕時曾被舊書店騙過。」

「……被騙？」

「是的。英子在大學畢業之前，曾經與進出校內圖書館的舊書店老闆交往，但是那個男人隱瞞了自己有妻小的事情。知道真相之後，英子二話不說跟對方分手，那時卻已經懷有身孕了。那位舊書店老闆就是智惠子的父親……」

「那位舊書店老闆就是久我山尚大先生……對吧？」

栞子小姐以苦澀的表情說。她似乎只願意稱那個人為先生，不願意叫他外公。水城祿郎屏息。

「妳連這些都知道啊……就是那個男人。我雖然不曾見過他，不過英子和久我山分手之後就下定決心不再跟舊書店打交道。不來看妳也是因為如此。該說她是意志堅定還是好強呢……」

他嘆了一口氣，繼續說：

「久我山沒出半毛養育費，卻在智惠子長大後，要求她繼承自己的舊書店。英子當然不答應。因為有這樣的背景，在她得知智惠子成為文現里亞古書堂的店員時，兩人大吵了一架……」

我覺得拼圖的空白處正在逐漸填滿。不只是栞子小姐與母親，篠川智惠子與母親的關係也與舊書息息相關。兩對母女都是因為舊書而鬧翻的。

「也不知道這些事情哪些是真的。」

始終沉默的水城隆司喃喃說。父親瞬間變了臉色。

「又沒有什麼證據，那些事情也都只是聽她說的。」

「她的個性雖然頑固，但不會撒謊。」

水城祿郎厲聲說。

「你應該也知道吧，那個人就是頑固但很認真。雖然是繼母，但也算是你的母親，不准你說她的壞話。你從以前就這樣，只要一提起英子的事情就……抱歉，讓你們見笑了。」

那聲抱歉是向我們道歉。水城英子與繼子果然處得不太好，而且個性似乎很特別，叫兒子不准說壞話的丈夫本人也說了好幾次「她很頑固」。

「那麼，您想找我商量的事情是……？」

栞子小姐問。身為父親的水城祿郎開始說明。

「事實上幾天前，一位叫吉原的古董商到我們家裡拜訪。他自稱是久我山以前的員工。」

栞子小姐的肩膀顫了一下。吉原喜市──昨天來過這裡的那位老先生，也去了水城英子家裡──讓人充滿不好的預感。

「他找您們有什麼事？」

「聽說吉原向久我山夫人收購了久我山持有的舊書，但有一本該在的書沒找到，反而找到一張年代久遠的借據。」

「借據……」

栞子小姐複誦一遍。

「單子上寫著英子的名字……也就是說，名目上是英子向久我山借了書，但是書的所有權已經從久我山轉移給夫人，又從夫人轉到吉原手上，他才會過來討書。唉，就是這麼回事。」

所有權可以像接力棒一樣簡單轉移嗎？更別提這是在篠川智惠子出生之前，也就是五十多年前的事情了。那麼久以前的借據還有效嗎？

「借據是真的嗎？」

「是的，姑且算是。事實上在智惠子拒絕繼承書店不久後，久我山就突然送給英子一本老舊的外文書，說是為了讓她感到不快而致歉。英子本來想立刻退回，對方卻堅持不肯收下，還拜託英子就當是借去看，並且寫了借據。英子似乎也對那本外文書很感興趣。」

我不解地偏著頭。據我所知，久我山尚大不是會道歉的人，用這種強迫的方式將書塞給對方這點也很令人在意。

「但是英子還沒有讀完那本書，久我山就去世了。英子想把那本書還給久我山夫人，對方卻堅持不肯收，說久我山交待要把那本書留給英子。英子沒辦法，只好把書帶回家。」

這也是久我山家裡只剩下借據的原因吧。可是栞子小姐似乎無法接受這個答案。

「那本有這樣來龍去脈的書……外婆一直好好收藏著嗎？」

「是的。」

聽到栞子小姐的問題，水城祿郎重重點頭。

「跟我結婚時，她對待那本書與對待其他書沒有不同。不過那本書應該是難以入手、很珍貴的書吧，因為大約十年前，那本書的封面因為一場小火災而燒焦時，她也沒有把書丟掉，而是重新裝幀，找了不曉得哪裡的業者重貼皮革、恢復成看不出損傷的模樣，而後就小心翼翼地收進上鎖的櫃子裡。那本書有著黑色皮革、裝幀很氣派，就像歐洲的圖書館裡會出現的書。」

我們店裡沒有經手外文書，所以我不曾看過，不過我可以想像，那一定價格不菲吧。栞子小姐一邊沉思一邊開口：

「借貸方面的法律問題我不太清楚……假設借據有效，是否有返回那本舊書的義務，我想還是值得商榷。在回應對方的要求之前，最好先諮詢法律專家……」

「不，妻子當場就交出那本書了。」

「交出了……？」

栞子小姐瞠目。

「為什麼那麼乾脆就放手了——即使我問她原因，她也不肯告訴我。我年紀大了，剩下的時日也不多了，她或許是不希望把我捲進這種騷動裡。但我知道她不是心甘情願交還那本書，一起生活多年的我看得出來。」

「我認為英子女士有所隱瞞。」

水城隆司突然插嘴。

「就算她沒有撒謊，也可能隱瞞了對自己不利的部份。再說拿到書的過程本身就不自然。」

他的父親皺起臉來露出不悅的表情，不過我也無法否定這種可能性。討厭的人送的舊書多年來仍舊珍惜地保存著，卻憑著一張連是否有效都不清楚的借據就把書交了出去——她的所作所為前後不連貫，會認為她有所隱瞞這也無可厚非。

「今天走這一趟是希望妳能夠幫忙買回那本書。我已經找吉原交涉過，他卻拒絕我，表示打算把書賣給其他同業，而且已經開始交涉了。」

「那……」

那個騙子！——我連忙把話吞回去。雖然水城老先生聽信了吉原的話，但吉原是個貪婪的老人。大概只是虛張聲勢打算抬高售價吧。

「我們這種外行人沒辦法，不過同樣是舊書商的你們，應該可以介入交涉吧？我知道我這樣的要求實在厚顏無恥，可是我沒有其他人可以拜託了。當然我也會支付必要的費用。妳能不能幫我這個忙呢？」

水城雙手一拍，將額頭貼到矮桌桌面。我的胸口不自覺揪緊，心裡為栞子小姐的外婆遇到一位好伴侶而感動。他願意為了頑固的妻子，來拜訪就算只是見面也很尷尬的對象，而且還這樣頻頻低頭拜託。

「請把頭抬起來。」

栞子小姐以清楚的聲音說。

「我會就我的能力所及盡量幫忙。」

老人迅速抬起的臉上閃耀著光輝，那開心的模樣彷彿書已經拿回來了。等他的道謝告一段落之後，栞子小姐問：

「外婆持有的是什麼樣的書呢？」

「那是……我也不太清楚。」

水城搖頭。

「內容是英文，書封正面和背面都沒有作者名，也沒有書名。總之就是很大的書，像是很久以前印刷的東西。我猜會不會是莎士比亞的傳記之類的。因為第一頁印著莎士比亞的名字，還有很大的肖像畫。」

又是莎士比亞。我不認為這只是偶然。吉原也給了我們一本《人肉質入裁判》。似乎與這件事情有關。

「書名不清楚這就……您有沒有注意到其他地方呢？任何小事都沒關係。」

「我也只翻過第一頁而已……啊啊，有件事真的只是小事，就是肖像畫下方印著莎士比亞逝世的年份。好像是一六二……三年吧。」

「……莎士比亞逝世的時間還要更早一點。」

兒子沒好氣地糾正。這麼說來，我也記得栞子小姐說過是德川家康死的那一年。水城祿郎沒什麼自信地偏著脖子。

「這樣啊，可能是我記錯了吧。」

「啊……」

栞子小姐突然小聲慘叫，似乎被自己的聲音嚇到，立刻以雙手緊捂著嘴。所有人的視線都集中在她身上。

「……抱歉。」

她咳了咳，清清喉嚨。眼鏡後面的雙眸滲著強烈的興奮。或許是察覺到了什麼和那本書有關的事。

「事實上吉原先生也來過我們店裡，並且以不合理的價格賣給我們某本舊書。所以我想，要從他手上取回那本書，使用一般手段恐怕行不通……可以請您先告訴我當時的詳細狀況嗎？」

「叫我說明詳細狀況……」

水城交抱雙臂，仰望天花板。

「提到借據之後沒有談太久，在這之前都是那個人單方面滔滔不絕說個沒完，舉凡是過去的八卦、朋友的近況云云。我想英子也是耐著性子在聽，從她的表情就可以看出來。」

「外婆跟吉原先生以前就認識嗎？」

「是的。英子嫁給我之後，那個人也來過家裡兩、三次。他想賣舊書給英子，不過每次都被趕走。他和妳的母親智惠子也有往來，似乎趁機打聽過英子的喜好。

聽說他跟智惠子因為工作，經常在海外碰面。他甚至拿出相簿把她的照片秀給我們看……他說是為了做生意，所以拍攝、收集了不少照片。」

這些事情，吉原昨天倒是一句也沒提到。雖然覺得不太可能，但也不敢保證他與篠川智惠子共謀的可能性為零。

「他也稍微提到了你，對吧？」

水城祿郎突然對兒子說。水城隆司顯得不知所措。

「我根本不認識那個舊書商。」

「不，他以前來家裡時，你也跟他打過招呼。大概是你讀國中或高中的時候。」

兒子似乎沒有印象。只在十幾歲時打過一次招呼，想不起來也很合理。

「那個男人似乎還記得你。他因為工作去澳洲時，好像碰巧認識了你以前的朋友。你不是曾在那邊的大學留學一年念英文嗎？他聽對方說有日本朋友，一問之下才發現就是你。」

碰巧認識這些說詞我可無法照單全收。吉原絕對在事前先收集了文現里亞古書堂與水城家的情報；這就是為什麼他一副跟我們首次見面的模樣，卻知道許多事情。

「……一邊看著相簿一邊閒聊之後，就開始說借據的事了嗎？」

「應該是這樣沒錯。當時正巧有快遞送貨來，我去簽收，等我回來時，那個男人正好拿出借據。」

栞子小姐將拳頭靠在嘴邊靜止不動；這是她陷入長考時的姿勢。但她最後還是垮下肩膀。

「雖然可以推測出幾種可能的情況，不過目前已知的資訊還不足以判斷……如果能夠與外婆談談就好了……」

「當然，如果妳方便的話，現在就去見她吧。」

水城祿郎爽快地回答。由於太過爽快，反而是我們因此愣住了。

「現在嗎？」

栞子小姐反問。

「是的，不需要另約改天。反正問她願不願意，她也只會說不要而已。既然結果都一樣，擇日不如撞日吧。」

「這樣的話，我們今天過去，她會不會什麼都不願意告訴我們？」

我說。搞不好我們這樣不請自來，情況反而會更複雜。

「應該是不至於。她這個人雖然固執，不過碰了面就會改變態度。她也很清楚，像我們這種年紀的人，應該趁著還有機會的時候，趕快與想見的人見面……再拖拖拉拉就沒有機會了。」

我突然想起背取屋志田的話——你們年輕人還有時間，和我這種老頭不一樣——在他失蹤不久前曾說過這句話。或許對年紀大了這件事有所體認的人，都有同樣想法。

水城祿郎的目的或許不只是找回那本書，也希望自己的妻子能與孫女重逢。

「我明白了。」

栞子小姐以緊張僵硬的聲音回答。

「我們現在過去找外婆談談。」

因為有兩個用拐杖的人，於是我開了店裡的廂型車。栞子小姐坐在副駕駛座，後座是水城父子。我也打了電話給篠川文香，但她似乎正在補習班上課，沒接電話。畢竟接下來要和外婆見面，所以才想找她一起來。我姑且還是留了言給她。

不巧今天是假日，鐵路沿線的縣道交通擁擠。坐在副駕駛座的栞子小姐坐立不安地雙手張了又握緊。大概很緊張吧。

「對了，我從剛才就很好奇一件事。」

正後方傳來水城祿郎的大嗓門。

「開車的你是篠川小姐的親戚還是什麼關係嗎？」

「啊，不……我是，呃、店員。」

我與篠川家往來密切，所以沒有發覺自己以理所當然的態度干涉店長家裡的事情，以一個普通的店員來說是很奇怪的事。

「這樣啊。不過你和栞子小姐似乎感情很好……啊，該不會是結婚了吧？」

突然聽到這句話害我差點嗆到。幸好車子開得很慢。怎麼一下子就跳到結婚的話題。我從後照鏡偷看水城祿郎，他的樣子不是在開玩笑。

「不，我們沒有結婚……」

該怎麼解釋我們的關係才好呢？——我想與栞子小姐用眼神交換意見，卻見她正眼神游移，比我還不知所措的樣子。

「是、是的，我們還沒有結婚！」

高了八度的聲音響徹車內。我握著方向盤的手不自覺用力；這樣子我剛才何必刻意含糊交待呢？

「說『還沒有』的意思不是接下來會結婚，是真的什麼都還沒有確定。畢、畢竟是一輩子的事，而且也要考慮很多事情……啊，不過我不是討厭結婚什麼的……這樣說也不是打算給他壓力……啊啊，我這是……」

顯然發現這樣是在自掘墳墓了吧，她難為情的用雙手遮臉。我雖然覺得高興，冷汗卻也流個不停。氣氛變成這樣，該如何收拾殘局才好？過了一個彎之後，縣道上的車流總算變得順暢，不過一時半刻還到不了目的地。

啪、啪，小小的拍手聲打破了沉默。我戰戰兢兢窺向後照鏡，看到水城祿郎正由衷開心地拍著手。

「也就是以結婚為前提的交往嗎？看起來很幸福的樣子，真是太好了。哎呀，太令人開心了！」

見他由衷祝福，我們更加難為情了。

「又不是小孩子了，爸，你也收斂一點……抱歉，問你們這種怪問題。」

水城隆司介入緩和氣氛，卻見父親開心地拍拍他的肩膀。

「有什麼關係，你也學著點啊。我不是叫你現在就結婚，不過你也該檢討一下怎麼沒有半點女朋友的蹤跡。親朋好友也很擔心啊。」

「不需要他們多管閒事。」

「要說你提過的情史，頂多就是留學時的那樁，不是嗎？因為劇團的公演，所以曾經和演了情侶的演員交往……」

「你別再提那件事了。」

他咬牙切齒地打斷父親的話。過去的情史突然被人提起確實很難堪。看來水城祿郎是那種想到什麼事情，就會沒大腦地直接說出來的人。正因為沒有惡意，反而更讓人困擾。

「您曾經加入劇團，才會對莎士比亞這麼熟悉吧。」

栞子小姐總算恢復平靜，主動向水城隆司搭話。這麼說來，他走進店裡時曾經說出自己對於《威尼斯商人》的解釋。

「也算不上很熟悉。我只參加過一次公演，而那次演的正好就是《威尼斯商人》。而且那是個沒有多少人知道的平凡劇團，包括我在內的所有成員都是不入流的演員。」

水城隆司突然笑了出來。我第一次看到他的笑容。

「不過，演出是用英文吧？光是要記住台詞就很辛苦，不是嗎？」

我也跟著問。氣氛終於變了，我在心裡鬆了一口氣。

「嗯，這作品畢竟是來自英文文法與表記尚未確立的時代，所以也有很多現在已經不會用的表達方式與詞彙。不過，原文的文字遊戲與韻腳，反而比閱讀翻譯版的時候更簡單好懂。」

原來如此。從大學的語學課後，我就幾乎沒有再接觸英文了，所以不是很明白。琹子小姐轉向水城隆司。

「您也參與《威尼斯商人》的演出嗎？」

「嗯，是啊。不過不是演什麼重要角色……我的主要工作是小型道具和服裝。那場公演的目的是盡可能還原伊莉莎白時代的舞台，由於跟現代完全不同，調查起來十分辛苦。」

「有什麼不同？」

我面對著前方提問。廂型車正通過單軌電車的高架軌道下方。

「首先是沒有照明設備，所以舞台基本上是利用自然光，無法轉暗或轉亮。也沒有布幕，所以演員都只能從舞台側翼上下。也沒有大規模的佈景。音樂當然是現場演奏，必須在舞台上安排演奏者的位置。雖然我們是無法重現到那個程度啦。」

「可是，要換場的時候呢？」

「會利用登場角色的台詞或小道具說明。台詞說『早上了』就是早上，拿著火把出現就是晚上，大概是這樣。莎士比亞的戲劇就是因為如此才會都以對話為主體。」

「就是透過這種方式讓大家了解狀況呢。」

「當時的觀眾應該很擅長從演員的台詞來想像場景吧……而且，就算無法掌握現在演的是哪一幕，光是聽登場角色的對話也能夠樂在其中才是。畢竟多數的觀眾都必須站著觀賞，要長時間專注地跟隨劇情發展也很困難。」

與剛才在文現里亞古書堂時截然不同，水城隆司變得健談。雖然他說自己不熟，但是他一定很喜歡莎士比亞的作品。

「你和英子在興趣上應該很合得來啊。」

本來和樂融融的氣氛又被水城祿郎一舉推翻。

「你們兩個都喜歡英國文學嘛。真希望你們的感情能夠好一點。英子她一直很努力，希望能跟你好好相處喔！」

兒子再度沉默。我們抵達之前，他都沒有再開口說話。

水城一家居住的大樓，就在距離單軌電車車站開車約兩、三分鐘的地方。我們一行人從地下停車場搭電梯前往水城英子所在的住處。從每個小動作都可以察覺栞子小姐的不安與緊張。

水城祿郎雖然說過水城英子只要見了面就會改變態度，但我心裡無法肯定。開車過來這裡花不到十五分鐘，她卻連一次都不曾到店裡來看孫女——與其說是頑固，搞不好只是毫不關心吧。

打開了最高樓層的玄關門，水城英子卻完全沒有要現身的樣子。離開書店時，水城祿郎曾先打電話聯絡過她，所以她應該知道琹子小姐要來的事。

「我去客廳。」

水城隆司不感興趣地走向客廳，我們三人則站在水城英子的書房前面。

「英子，我帶琹子小姐來了。」

過了一會兒，門內才傳來回應。

『……我不是說了不見嗎？』

聲音沙啞低沉。我不禁偏著頭；如果我沒記錯的話，這個聲音我似乎在哪裡聽過。琹子小姐也露出奇妙的表情。

「可是我已經把人帶來了。我們進去嘍，英子。」

水城祿郎仗著天生愛強迫人的性格，打開書房門。

門後是寬敞的和室。首先映入眼簾的是覆蓋整個牆面的不鏽鋼製書架，上頭放滿了大開本的書籍；房間中央是樸素的茶几與不鏽鋼椅子，那兒也堆滿了書。簡直跟圖書館沒兩樣。我知道有個地方也有類似的感覺——就是琹子小姐的房間。

半腰高窗（註6）的前方是木製書桌，桌面上擺著老舊的桌上型電腦。一位留著俐落白色短髮、身穿黃色針織衫的女士坐在桌前，似乎正在看書。她關掉桌燈，拿下眼睛，不情願地轉向我們。

「咦……」

我和栞子小姐驚訝地睜大雙眼。板著臉坐在那兒的人，就是昨天早上問正在書店前擦拭招牌的我「今天不開店嗎？」的老婦人。她雖然不曾買書，卻是經常造訪文現里亞古書堂的常客。

8

「我是篠川栞子……請問……」

「不用在意那本書的事情。反正是一文不值的東西。」

水城英子以不容反駁的語氣打斷栞子小姐。

「不好意思讓你們特地跑一趟，我沒有什麼事情需要委託妳。」

「不是……您不時會光臨敝店吧？」

註6：窗台高度及腰的窗戶。

琹子小姐一問，水城英子便緊抿雙唇。這樣對照兩人來看，就會發現她們的眼睛大小與鼻樑長度相仿。

「欸？是這樣嗎？」

水城祿郎很驚訝。看樣子他也不知情。

「是的。我從父親手中繼承舊書店之後，她大約每個月會光臨一次……雖然沒有買書……多半只是在散步途中看看店裡情況而已，所以我沒有多加留意……」

「妳認錯人了。我沒有去過那裡。」

水城英子斷然否認。但是她的丈夫似乎很感嘆，頻頻點頭。

「原來如此、原來如此……當聽說琹子小姐妳們的父親過世時，英子就在說：『光靠女孩子們要繼續經營那家店很辛苦。』原來妳偶而會去看看情況啊……該不會昨天也跑去了吧？妳昨天早上出門散了很久的步吧？」

「沒有。我昨天去了笛田公園就回來了。」

她又佯裝不知情。雖然一直忍著不追問，但我還是無法繼續保持沉默。

「可是，您昨天遇見我了吧？在我們書店前面。我記得您穿著藍色洋裝、撐陽傘……」

「妳昨天就是穿那樣出門吧。」

水城祿郎也補上一句。儘管如此她還是搖頭。

「不是……那一定是某個長得跟我很像的陌生人。」

我還是第一次遇到有人這麼不加修飾地說那是某個跟自己長得很像的陌生人。頑固到這個地步也是新鮮。她的表情像石頭一樣堅定，不過內心的波動似乎會顯示在臉色上——她的耳朵已經紅透了。這一點也與栞子小姐很像。

「您的藏書很驚人呢。」

栞子小姐不曉得什麼時候已經移動到書架前，仔細望著每一排書背。

「有很多百科全書及語學辭典。是為了工作收集的嗎？」

轉過來的栞子小姐雙眼閃閃發亮。水城英子因此跟著點頭。

「是……不過我已經退休了，現在看到的只是剩下的，之前已經處理掉不少書。」

「莎士比亞的相關藏書也很了不起呢。您最早看的是這邊的企鵝版全集嗎？」

栞子小姐以手指撫摸小開本外文書的書背。幾十冊擺在一起，每一本都很破舊。

「我最早看的是圖書館裡坪內逍遙翻譯的莎士比亞全集。因為高中時看過的《威尼斯商人》舞台劇很精彩，因此開始感興趣……」

「那時福田恆存翻譯的版本尚未出版吧？」

「福田恆存翻譯的全集在我上大學之後才出版。同一時期我很幸運地得到了二手的企鵝版全集，所以參考著福田恆存的譯本全部讀完了……也順便練習英文。」

「連雅登版（Arden Shakespeare）的全集也都收齊了。真令人佩服……」

「那是很久之後才買的。那個版本的註釋很完整……妳很清楚呢，店裡明明沒有經手外文書。」

說著說著，水城英子的語氣逐漸變得溫和。我完全聽不懂她們的談話內容，只知道她們聊得很熱絡。我心想，果然是栞子小姐的外婆，大家一聊起書就打成一片了。

「這張照片……」

栞子小姐從擺滿莎士比亞書籍的書架拿下一張照片。我也隔著她的肩膀湊過去看。照片裡是某個戶外舞台，身穿白襯衫露出胸口的男子，面對著穿著沉重長袍、手持刀子的男子。兩人都是外國人。

「這是《威尼斯商人》的高潮場面吧，應該是正要割下安東尼奧胸口一塊肉的夏洛克，在法庭被問到啞口無言的那一幕……欸，這位是隆司先生吧？」

栞子小姐指著舞台後方。穿著黑色法袍像是法官的男子，正在對照片前側的兩人說話。那位的確是水城隆司。似乎是很年輕的時候，頭髮比現在多，人也比現在瘦。

「那是吉原拿來的照片……聽說他也去了你們那兒。稍早丈夫打電話回來時有提過。」

水城英子的聲音變得低沉。從她直呼吉原、不加稱謂的不悅表情，不難明白她對那位舊書業者抱持什麼想法。

「是的。不過那個人為什麼有隆司先生的照片？」

「他說是偶然遇到隆司的老朋友，聊著聊著就拿到這張照片了。似乎是聽說他們重現伊莉莎白時代舞台的《威尼斯商人》後很感興趣。他把照片給了我，說：『妳既然那麼喜歡莎士比亞，當然也知道繼子在留學時期做了這種事情吧。』」

接著她垂下視線，頹喪地補充：

「我卻不知道……明明有許多機會可以問他。」

「沒那回事，我也不清楚啊。那個孩子從以前就幾乎不談自己的事情。」

丈夫大聲安慰。我心想，水城隆司是不是不想讓繼母知道，所以故意瞞著家人演出的劇名呢？如果讓這麼了解莎士比亞的人知道的話，她一定會找自己聊天、想要與自己多接觸——他可能不希望事情變成這樣吧。

我也大略想像了一下吉原拿出這張照片的動機。或許與拿出《人肉質入裁判》、藉此觀察栞子小姐的反應一樣，他是打算確認水城英子與現在家人相處的情況，找出有利於交易的弱點。

「關於吉原先生拿走的外文書，我有幾件事情想要請教。」

栞子小姐以沉重的聲音詢問。

「那本書與莎士比亞有關，是嗎？」

「是的。不過我剛才也說了，不是什麼值錢的東西。」

「我也這麼認為。只是為了預防萬一，還是希望能夠確認清楚……聽說那本書的扉頁上印著一六二三年，這是真的嗎？」

「……對。」

聽到外婆的回答，栞子小姐閉上雙眼調整呼吸。

「這點很重要嗎？」

我小聲問，栞子小姐重重點頭。

「……舊的外文書扉頁都會印上IMPRINT。」

「IMPRINT？」

「就是日本所說的版權頁。上面會記載印刷地點、印刷年、發行者與零售商等。」

「版權頁……也就是說那是一六二三年出版的書嗎？」

如果真是如此，那麼那本書不就相當古老，是將近四百年前的書了？

「是的。就是在莎士比亞於一六一六年過世的短短七年之後……提到當時出版的相關書籍，只有第一對開本（First Folio）了。」

書房裡一陣靜默。沒有人開口，只好由我發問。

「不好意思，第一對開本是什麼意思？」

「就是第一本收集莎士比亞所有戲劇的作品集。對開本的意思是對折的書，亦即一張紙對折成兩半的尺寸。其他還有四折、八折的書等……」

我沉默地催促她繼續說。也就是像「A5」或「B4」一樣，表示書本尺寸的用語吧。

「十七世紀初的時候，紙張很貴，因此書本尺寸愈大表示愈奢華。雖然莎士比亞的作品在他生前就深受喜愛，不過劇作家個人作品集能夠正式出版，仍是非常劃時代的事情。據說那是莎士比亞的演員夥伴們為了追悼他而出版的，內容是根據原本用於劇場的正式腳本編輯而成。若說多虧有第一對開本的問世，才使得莎士比亞的戲劇得以流傳後世也不為過。」

「有第一，意思就是也有第二嗎？」

「第二對開本是一六三二年、第三對開本是一六六三年、第四對開本是一六八五年出版……由此可知有多麼搶手。當然人氣最高的還是第一對開本。」

「出版了多少冊呢？那個第一對開本。」

「我不清楚確切的數字，據說發行冊數大約是七百五十冊，現存已知的有兩百幾十冊。多數是少了部份原始書頁，或是由多本對開本合併成一冊的不完整作品……儘管如此，對於全世界的舊書收藏家來說，這無疑仍是他們渴望獲得的一本書。」

我聽著聽著都起雞皮疙瘩了。截至目前為止，我在文現里亞古書堂也見識過不少珍貴的舊書，但是這本與那些書的性質不同，從她的形容聽來是相當不得了的東西。

「如果找到的話，大概價值多少錢呢？」

「當然要視狀態而定……不過二〇〇六年在蘇富比拍賣會上出現的那一本，成交金額換算成當時的日圓，大約是六億。」

「六……」

我因為驚人的天價說不出話。我沒想過這世上存在那種價格的舊書——不對，等一下。那種天價的舊書曾經出現在這個房間裡嗎？

「英子……那麼貴重的東西，妳就這樣讓那個男人拿走了嗎？」

水城祿郎搖搖晃晃地走近妻子。妻子露出沒好氣的表情，把自己原本坐的椅子讓給丈夫坐下。

「你冷靜一點。怎麼可能……栞子小姐也明白吧。」

栞子小姐點頭繼續說：

「是的。我說的是真品的情況……我沒猜錯的話，您持有的那一本應該是Facsimile吧。」

「Facsimile……是指ＦＡＸ嗎？就是電話那個——」

我插嘴。水城英子搖頭。

「那個也是Facsimile，不過這裡的意思是復刻本。我持有的那本書只是已經被發現的第一對開本的復刻本。」

也就是並非真品。想想這也是當然的。我瞬間全身虛脫。

「話雖如此，那也是很特別的東西。久我山說過要還原一位名叫辛曼的研究者編纂的復刻本。我對於第一對開本也不是很了解，不過我記得那是……」

「一九六八年出版的The Norton Facsimile，對嗎？從三十冊第一對開本當中取出狀態最好的書頁，分別翻拍成照片，然後整合成一冊。」

孫女即問即答。聽了她的說明，水城英子點頭繼續說：

「是的，就是那種復刻本。那本則是那種復刻本再翻拍成照片，每個細節都按照個人喜好裝幀成冊的書。」

「復刻本的復刻本嗎？」

栞子小姐雙眼圓睜。

「是的。他說過考慮做一門生意，是配合顧客的訂單特別訂製的復刻本，而我持有的那本就是試做品。雖然這話當中有多少是事實值得懷疑。」

的確很可疑。他或許是企圖做什麼邪惡交易。

「我不清楚他製作那個復刻本的背景，以及給我的動機。我對於第一對開本也沒什麼特別想法。莎士比亞的其他作品全集也都讀完了。」

「可是，您很珍惜那本書吧？」

水城英子默默看向窗外。沒有特別的想法卻很珍惜，真的很不對勁。究竟是什麼原因呢？後來又為什麼放手了呢？——她似乎沒有打算把核心內容告訴我們。

琹子小姐突然轉頭看向我和水城祿郎。

「方便讓我和外婆兩人單獨聊一會兒嗎？」

她似乎別有打算。水城祿郎微笑，重重點頭。

「當然當然。別說一會兒，要聊多久儘管聊。來，我們離開這裡。走吧！」

我被他拉著手臂拖向門口。「大輔。」在離開書房前，我被叫住。

「是？」

我偏著頭，琹子小姐小聲對我說：

「大輔，你到地下停車場等我。」

「……咦？」

我還來不及仔細問清楚，就被拖到走廊上了。

9

我也沒有理由無視她的指示，於是獨自返回停車場。

（為什麼要我出來？）

也許是有事情想要與水城家的人單獨談談。我沒資格問為什麼，畢竟他們是栞子小姐的親人，讓我這個外人一起聽也奇怪，但我就是多少有種被排擠的感覺。

地下停車場沒有人車進出。我等了大約十分鐘也沒有事情發生，於是準備坐進廂型車裡，就在此時，我稍早搭過的電梯門打開了。

抱著紙箱的水城隆司與栞子小姐走出來。看樣子他們從水城家搬了什麼東西出來。我連忙跑向兩人。

「我來拿。搬到車上就行了嗎？」

我一邊問一邊接過紙箱。拿起來沒有看起來那麼重。水城隆司訝異地眨眨眼。

「你不是骨折不能搬東西嗎？」

「咦？不，骨折已經恢復得差不多了。」

水城隆司一臉狐疑地回頭看向栞子小姐。

「妳剛才不是說，需要人手搬出書房裡的書，所以希望我幫忙……？」

「對不起，我騙你的。」

栞子小姐鞠躬。

「我有事情想與隆司先生談談，才演了這場戲……紙箱裡裝的只是舊報紙。」

我終於搞懂了。她一開始就打算以搬東西為藉口找水城隆司出來；只要先把我支開，能夠幫忙的人就只有他了。看樣子她不希望水城夫婦聽到她想談的內容。

「您方便陪我們一會兒嗎？」

琹子小姐以平靜卻清晰的聲音說。

我們進入單軌電車軌道旁的家庭餐廳。已經過了午餐時間，店裡幾乎沒有客人。琹子小姐選擇角落靠窗的座位。距離我們最近的一桌，有一對貌似情侶的男女正在熱絡聊天，不過從這裡聽不到他們的聲音。

「然後呢，妳想談什麼？」

水城隆司將背部深深埋進座位裡，與正前方的我們拉開距離，也沒有打算掩飾他的戒心。

「請看這個。」

琹子小姐把一張照片擺在桌上。那是剛才在水城家書房裡看過的《威尼斯商人》公演照片。

水城隆司的兩眼突然大睜，眼珠子彷彿要掉出來似的。

「這是、從哪裡……」

「在我告訴你之前，方便讓我問一件事嗎？」

琹子小姐豎起食指，看了看在她旁邊的我。

「這位大輔先生完全不知情。我可以請他現在離開。不過他這個人口風很緊……那個，我可以向你保證他是值得信賴的人。」

她不好意思地說完她要說的話。我很高興獲得稱讚，不過同時也很驚訝——這個人在此之前接受過各式各樣舊書相關的委託，這還是她第一次詢問談話對象是否介意讓我列席。看樣子事有蹊蹺。

水城隆司重重吐了長長一口氣，像是要轉換心情似地搖了搖頭。

「用不著。妳知道也是同樣的意思。所以呢？這張照片妳是從哪裡弄到的？」

「前幾天吉原先生交給外婆的，就是帶走那本書的時候。」

「這樣啊……既然如此，那個人也發現了吧。真是傷腦筋。」

水城隆司苦笑著，喝了一口冰紅茶。我和栞子小姐的面前也擺著裝了同樣飲料的玻璃杯。

「這張照片怎麼了嗎？」

內容拍的是全劇高潮的法庭場景。如同先前在車上聽過的說明，是在沒有照明設備也沒有布幕、空無一物的戶外舞台上演出。

「……隆司說明莎士比亞時代的戲劇時，我便覺得不可思議，除了照明跟舞台裝置之外，還有其他與現代戲劇大不相同之處，他卻一句話也沒提到。」

栞子小姐平靜地說明。

戲。

「他也避免提及自己扮演的角色……看到這張照片時，我就明白原因了。」

我再次仔細看看照片。我只看到一群穿著誇張服飾的男學生們，正以生澀的演技愉快地演著戲。

「事實上……在莎士比亞以劇作家身份活躍的時代，登台演出的演員沒有女性。」

我抬起頭。

「咦？登場角色有女的吧？」

「那些角色全都是由尚未變聲的少年擔綱演出。禁止女性演出的規定與日本的歌舞伎類似。英國開始出現女性舞台表演者，要到十七世紀後期的君主制復辟時代（一六六〇～一六八八年）。」

「既然如此，在此之前舞台上只有男性嗎？《羅密歐與茱麗葉》也是嗎？」

栞子小姐點頭。那對情侶也是由兩個男人來演出啊。莎士比亞時代的確與現代完全不同。然而他的戲劇直到今天仍然持續有人演出，反而更讓人佩服。

「可是，這和這張照片又有什麼關係呢？」

照片裡全是男生，登場角色中看不出有半個女生。夏洛克與安東尼奧，還有水城隆司扮演的法官。栞子小姐指著那位法官。

「在這裡對夏洛克窮追不捨的法官，在故事中不是男性，而是接受了巴薩尼奧求婚的波西亞，她裝扮成男人、假扮法官，利用『可以割肉但不可以流下一滴血』的但書化險為夷，拯救了丈夫的好友安東尼奧。」

我的腦子一團亂。男性飾演女性角色，而那位女性角色在劇中又假扮成男性——結果不就只是男演員直接演男性嗎？

「好複雜的故事……觀眾不會搞混嗎？」

「大家都事先知道劇情，所以我想應該看得津津有味。莎士比亞的戲劇中有許多女扮男裝的女主角。除了《威尼斯商人》之外，還有《皆大歡喜》、《第十二夜》、《辛白林》……當時的英國對於性別有嚴格的規範，穿著與生理性別不同的服飾會遭人非議。正因為如此，多重性別轉換對於觀眾來說應該覺得很刺激。」

我突然想起栞子小姐說過的話——「整個世界就是舞台，人類是在演戲的演員」——換個角度來說，舞台也是世界的一部分，而登場角色也與真正的人類並無二致。大家享受的或許是打破界線的快感。

「因此水城先生扮演的是波西亞。而剛才為什麼不直接這麼說……」

我屏住呼吸。因為劇團的公演，所以曾經與演情侶的演員交往——水城祿郎提起兒子時曾經說過這段話。波西亞的情人是巴薩尼奧。如果是重現伊莉莎白時代的戲劇，無論哪個角色，演出者都是男性。

也就是男人與男人交往。

我看著面前的水城隆司。他一句話也沒說，想必是默認了。這是我第一次認識喜歡同性的人；固然驚訝，但我很坦然地覺得有這樣的人也是當然的——不，也許在更早之前，我就已經在某處認識這樣的人，只是他們沒有告訴我而已。

「我從小就不是很清楚自己的性別。」

水城隆司以細細的聲音說。

「平常雖然以男人的身份生活，但有時就是莫名地想要姊姊穿的衣服或使用的化妝品。我感覺自己在男人與女人之間來來去去、很不穩定……可是，我喜歡的對象性別總是很明確。我只喜歡男人。」

「……您的家人之中有人知道嗎？」

琹子小姐問。

「我姊或許察覺到了什麼。就算是這樣，她大概也覺得只是小時候的行為。我爸什麼也不知道；他雖然沒有惡意，不過最近老是叨唸著要我結婚。」

他嘆氣。水城祿郎不斷地對我們提到兒子的婚姻或女朋友的話題。如果是每天重複聽到那些話，對這個人來說肯定如坐針氈吧。

「我與英子女士保持距離，一方面也是不希望她發現。其實我原本想離開這裡，但我從小就立志當牙醫，也想守住父親開的牙科診所……我也沒有向家鄉的朋友坦白。就這樣一直無法找到伴侶，只忙著工作，活到現在。」

水城隆司說到這裡停住，看向一段距離之外的年輕情侶。他們兩人正吃著同樣的漢堡排套餐。

「英子女士是被那個叫吉原的男人拿我留學時代的事情威脅了吧。」

「聽說對方沒有明講，不過有暗示要告訴你父親……所以留下這張照片交換那本書。」

我湧上對於吉原的憤怒。為了達到目的，毫不在乎地利用他人的弱點。與久我山尚大強迫田中嘉雄賣出《晚年》時一樣。

「英子女士為什麼那麼珍惜那本書呢？」

「十年前那本書的書封燒壞時，替她重新裝幀的人就是我的母親。」

在旁邊的我也愣了一下。

「妳的母親……是智惠子女士嗎？」

栞子點頭。

「家母在學生時代曾經研究近代之前的歐美書籍，也對舊書修繕及手工書也很感興趣。如同兩位所知，她們母女兩人原本斷絕了關係，卻正好在鎌倉車站巧遇，久別重逢，閒聊了一會兒……聽到外婆那本舊書的情況，母親主動表示願意幫忙修復。」

大概也包含著修復關係的想法吧。因為舊書而斷絕的關係又因舊書而修復，這種做法真的很有這些人的風格。對於書的內容沒什麼想法卻很珍惜，就是因為那本書是女兒替她重新裝幀修復的吧。

「既然這樣，她直說不就好了……為什麼要隱瞞呢？」

水城隆司喃喃說。

「她很難開口承認自己很珍惜那本明明已經斷絕關係的女兒幫忙修復的舊書。而且她已經是水城家的人了，不想被誤會。」

結果現在的做法反而更招致誤會。都怪她堅持閉口不提，反而被她想要保護的對象懷疑。

「可是她把這件事情告訴妳，表示她決定拿回那本書了吧。被妳說服了？」

「不，外婆已經放棄那本書了。她很明白地說你比較重要……我只是受她委託來傳話而已。事實上她是希望直接跟你說，不過她說你應該不想和她說話。」

傳話——水城隆司在口中重複這個詞。

「傳什麼話？」

「她既然知道你的情況，就希望成為你的力量。她說，不管你決定繼續隱瞞下去，或是要向其他家人坦白，都沒有關係……而我們也會按照你的決定行動。」

栞子小姐看向我，尋求我的同意。我當然沒有異議。雖然對於吉原感到憤怒，但是那本書的持有人決定放棄，我們就沒有立場出面。最重要的還是水城隆司的情況。

「這樣啊……」

水城隆司弓著背，在桌上緩緩交叉雙手。兩根轉動的拇指，彷彿在訴說他內心的迷惘。

「英子女士怎麼說我？……我是指，我只喜歡男人這件事。」

「……她說嚇了一跳，還說……她覺得可能有點不合時宜，不過她想到《威尼斯商人》裡夏洛克那句最有名的台詞……」

「『我們吃著與基督教徒相同的食物，同樣會被武器所傷，同樣會生病，同樣能夠因為治療而痊癒，同樣會感受到冬天的寒冷與夏天的酷熱，難道不是嗎？』……是嗎？」

流暢背出日文翻譯版的水城隆司，嘴邊浮現乾澀的微笑。

「的確不合時宜，這又不是宗教或種族的問題，我也不像夏洛克那樣想要復仇。真傻。」

說別人傻，他的聲音聽來卻很平靜。原本忙碌轉動的拇指停止動作。

「但是，那時我也曾經想起同樣的台詞。即使與周圍其他人不同，同樣是人類這一點仍然不會改變。」

接著他抬起臉，以意志堅定的視線面對栞子小姐。

「我會把真相告訴父親。請替我們取回英子女士的書。」

「但是，這樣的話……」

「反正紙包不住火了，與其讓家父從其他人那兒聽說，不如我自己主動說清楚……可能會請英子女士陪同吧。我會先找她商量。」

一口氣說完之後，他望向那對年輕情侶的座位，彷彿在看什麼耀眼的東西。套餐的餐盤已經撤下，他們兩人的上半身往前湊近，笑看著同一個智慧型手機的螢幕。

「我在留學時期其實沒有交往對象。」

聽到這麼唐突的表白，我們說不出話來。

「我喜歡上飾演巴薩尼奧的他，也在公演之後向他表白，這些是真的。不過他很乾脆地拒絕了我。我只是為了面子騙騙父親……我最不願意讓人知道的，或許不是我只愛男人，而是我不曾被家人以外的任何人愛過……」

「……《威尼斯商人》裡一共有三對情侶。」

送水城隆司返回住處之後，在開車回文現里亞古書堂的路上，栞子小姐開口說。

「向安東尼奧尋求金援的巴薩尼奧與千金小姐波西亞、波西亞的侍女尼莉莎與巴薩尼奧的朋友葛萊西安諾、夏洛克的女兒潔西卡與基督教徒紳士羅倫佐。」

「……好多啊。」

我一邊開車一邊說出最直接的感想。

「是的。事實上這齣戲描寫了許多情侶間的互動。故事中最重要的就是巴薩尼奧與波西亞這對情侶。」

我的腦海中浮現水城隆司蒼白的臉。他現在應該在跟繼母討論吧。

「波西亞是繼承了龐大遺產的年輕女子。她過世的父親留下遺言交待，能夠從金、銀、鉛這三個箱子中選出正確答案的男性，方能與她結婚。身份地位高的求婚者全都打開華麗的金、銀箱子，只有身無分文的巴薩尼奧打開不起眼的鉛箱子。因為他認為：『外觀漂亮的東西內在未必相同。』」

「鉛箱子才是正確答案吧？」

最不起眼的箱子裡裝著寶物，是很常見的橋段。栞子小姐點頭。

「當然。這也是在測驗一個人能否看穿對方的本質……波西亞在邂逅之初就受到巴薩尼奧的吸引，所以在他開箱子之前，無法克制地這麼說：『啊啊，喜悅之外的思緒全部煙消雲散；無數的疑慮、魯莽的絕望、令人毛骨悚然的不安、發狂的嫉妒都消失了。啊啊，愛情啊，節制你的狂喜，別得意忘形，別讓你的歡樂溢出界限、越過分寸！』」

剛才的台詞中也包含了栞子小姐稍早在店裡說的話，原來那也是出自《威尼斯商人》啊。與其說她在背誦台詞，我覺得聽到的更像是她的心聲，身體因此發燙。

「隆司先生應該也在舞台上說過這段台詞……包括排練在內，一定說了好幾次。」

別受到外表迷惑，只看內在選擇自己——不正是他的心情嗎？

回程的運氣不錯，路上車子很少。我們正奔馳在橫須賀線旁的縣道上。

「妳覺得他向父親坦白……就能夠拿回那本書嗎？」

這件事始終困擾著我。如果我們失敗了，結果就只有水城隆司的祕密曝光了而已。

「我也沒有自信。我原本想先提出借據無效的告訴，可是把事情搞得那麼大，真的好嗎……向吉原先生買回那本書一定是最快的辦法……吉原先生應該早已算到水城家會找他交涉。姑且不論交涉窗口是不是我們。」

「既然如此，他會不會像昨天一樣故意抬高售價呢？」

頂著那張像是要挖人肉的笑臉。想起昨天的交涉我又一肚子火。我們始終處於落後的局面也令人恨得牙癢癢的。

「妳認為吉原的目的到底是什麼？」

就算是我也知道，他的目的不只是錢。每件事都與莎士比亞有關，也隱約牽扯到篠川智惠子。

「我還不清楚……不過，目前為止的所有事情，毫無疑問都是縝密計畫過的。接下來應該還會發生什麼事。首先要找出對方的目的……」

來電鈴聲響起，不是我的手機。

「等我一下。」

栞子小姐拿出手機，面朝著窗外講起了電話。途中除了驚呼一聲「咦」之外，她始終以難以聽見的微小音量說話。

「謝謝你特地通知我……我們也會確認看看……好，再見。」

她掛了電話。從她嚴肅的表情來看肯定不是好事。

「誰打來的？」

「蓮杖先生。他現在人正在舊書會館。」

滝野蓮杖，港南台滝野書店的第二代，也是栞子小姐的青梅竹馬，曾經幫助過我。他也是舊書商會所舉辦的舊書交換會——全權主導舊書交易市場的活動管理人。這個人一向很可靠。

「聽說外婆那本疑似第一對開本的復刻本，明天就要被拿去書市拍賣了。如果置之不理的話，或許會被其他店家買走。」

第二章

我不是我

1

文現里亞古書堂隸屬神奈川縣舊書商會湘南分會。

位在戶塚的湘南分會舊書會館，每週舉行兩次供會員買賣舊書的舊書交換會。今天是星期一，舉行的是買家看過會場裡的舊書之後投入投標單的「置放投標」。

抵達舊書會館時，路上除了我與栞子小姐開來的廂型車之外，已經有成排載著貨物的貨車。舊書會館是屋齡十五年的四層老建築，腹地範圍內沒有大型停車場，太晚抵達的書店人員只能夠把車停在路邊。

「我們好久沒有一起來這裡了。」

栞子小姐邊下車邊這麼說。她的聲音有點虛弱，恐怕不只是因為酷熱，也是因為這幾天發生的事情使她精疲力竭。「是啊。」我回應；最後一次來這裡是我受傷之前，已經過了兩個月。

我們到這兒來是為了買回第一對開本的復刻本。栞子小姐通知水城英子那本書將被拿去書市拍賣之後，今天早上我們收到聯繫，表示希望我們代為投標。至於水城隆司是否已經與父親談過，這部份她什麼也沒說——栞子小姐似乎也沒問。畢竟不是當事人的我們也沒有立場主動發問。

順便補充一點，今天篠川文香將去水城家拜訪。昨天晚上聽了來龍去脈的她，連忙打電話去問候外婆，並且約好要見面，甚至做了水果果凍當伴手禮。

我們在報到處掛上店名名牌後上樓。整個二樓都是置放投標的會場。距離開標還有不少時間。會場裡滿是舊書店店員，擁擠不堪。空調似乎壞了，黏膩的熱氣蒸騰。

今天有很多等待投標的商品。附近那一桌用繩子捆起的漫畫書與文庫本堆得比我的身高還高。書背一致朝著這邊，方便大家確認內容；各個舊書堆都分別夾著一個黃色信封，那些信封就是用來裝投標單的。

雖然有許多互相認識的人在四處閒聊，但現場的氣氛並不祥和；每個人都小心翼翼環視著會場，仔細判斷哪些舊書是自己店裡需要的。這就是置放投標市場平常的樣子。

我們正在找通知我們復刻本消息的滝野蓮杖。他應該在這兒的某處。

「你們也來啦。」

一個令人害怕的低沉聲音向我們搭話。一回頭，只見一名目光銳利、骨瘦如柴的男人拄著粗手杖；那頭白髮與掛在額頭上的眼鏡還是老樣子，不過他的頭髮剪得比以前更短了，穿著全新的白襯衫。

「井上先生，好久不見。」

我們鞠躬。井上太一郎——在藤澤辻堂的一人書房老闆。因為與篠川智惠子的過往，對文現里亞古書堂充滿敵意，不過自從我們替他解開江戶川亂步收藏家的遺產之謎後，他對我們的態度也變得親切許多。

「你的傷已經康復了嗎？」

他問我。

「是的。雖然還不太能夠出力。」

「少了你就無法到府收購了吧。今天來採購嗎？」

「對，聽說有我們想投標的東西……」

見栞子小姐說得遲疑，井上稍微蹙眉。或許是察覺到背後的原因不單純。

「我們是接到蓮杖先生的通知才過來的，您知道他在哪裡嗎？」

「滝野的話，我剛剛還在那邊看到他……」

說完，他環顧會場後方，不過人似乎不在。

「我看到他的話會通知你們。」

「……麻煩您了。」

井上正打算走向堆著舊文庫本的桌子，卻突然轉身。

「如果有我幫得上忙的事情，儘管告訴我別客氣，畢竟我欠你們一份人情……就是直美的事。」

說完女人的名字，他就像是要掩飾難為情般地大步離去。鹿山直美是在一人書房工作的井上的青梅竹馬。栞子小姐幫忙解開身為亂步收藏家女兒的她對於父親的誤解——以結果來說也製造了她與井上互訴情衷的機會。我聽說他們正考慮要結婚。井上似乎是因為這件事而認為文現里亞古書堂對他有恩。

與滝野談話之前，我們決定先去看看第一對開本的復刻本。

窗邊的檯面上有許多等待投標的單冊書籍。除了被稱為「黑書」的專書或珍本書之外，還有類似舊電影海報、江戶時代的古地圖之類的物品。

擺在檯子角落那本尺寸大一圈的黑色皮革書引起我們的注意。

「就是這個吧。」

栞子小姐說。看不出書名與作者名字，書封表面鬆鬆綁著一條塑膠繩，夾著投標專用的信封。信封上潦草寫著：「The Norton Facsimile，自家裝幀　有修補」。雖然從信封看不出是誰拿來拍賣的，不過一定是吉原。

「……裡面已經有投標單了。」

我提出這一點。信封看起來鼓鼓的，似乎已經有幾家店投標。

「因為裝幀很漂亮又引人矚目……不過我想持有人沒有打算隨便賣。除了我們之外，應該也沒有人會出高價了。」

裝幀的確很華麗；平滑的天地與切口皆貼著金箔，書背與書封角落覆著不同材質的黑色軟皮。那邊或許就是修補過的地方吧。

「書背的皮革凹凸不平，是有什麼原因嗎？」

書背上有好幾處條狀凸起。這麼說來，我記得在某處看過的外文舊書也是這樣。

「這個稱為線裝，書背底下有繩子固定書頁。在手工書專用的強力膠尚未問世的時代，都是用這種方式裝訂書本。」

「嗯？可是這是復刻本吧？又不是年代那麼久遠的東西。」

「或許是刻意重現外文舊書的裝訂方式。還有一種情況稱為疑似線裝，就是配合持有人喜好，故意加上條狀凸起當裝飾。」

「……書籍持有人重新包裝書本，這種情況很普遍嗎？」

「中世紀歐洲的書店只賣新書的內頁。買書的客人可向手工裝幀店訂購各種客製化服務，請店家代為做出一本書。如果買的是舊書，書主也會依個人喜好重新裝幀。」

「咦？但是這樣就必須把書封等處都拆開吧？」

「沒錯。歐洲的舊書收藏家不只修補損傷與髒污，也多半會把舊書整理得像新書一樣漂亮。

他們取得書之後，會稍微切掉天地與切口，並且換上新的書封與書背。因此現存的第一對開本真品每一冊的外觀也都截然不同。」

我低頭看向面前那冊大開本的書。原來就是這種細節讓它看起來很像真品。水城英子也說過不清楚久我山特地把復刻本裝幀得很華麗的動機。

但要是說這是真品的話，情況可就不同了。

栞子小姐以單手解開繩子，捧起書。由於看來頗有份量，所以我也從旁幫忙。襯頁的紙與書封角落一樣是黑色的；接著是好幾張相同顏色的扉頁，似乎是配合封面的用色。翻了一會兒，有肖像畫的頁面終於出現了，寫實地描繪著一位頭髮禿到頭頂、留著鬍子的中年男子。這就是所謂的銅版畫吧。足以遮住耳朵的長髮、圍著脖子的巨大衣領都很有古歐洲的風格。

這就是莎士比亞的長相。

肖像上方印著「Mr. WILLIAM SHAKESPEARES COMEDIES, HISTORIES, & TRAGEDIES.」，我想意思是「威廉・莎士比亞先生的喜劇、歷史劇、悲劇」。字體與現代不同，印刷也有些模糊，對我這樣的外行人來說，看起來就是很老舊的書，這真的是複製品嗎？

「……怎麼回事？」

栞子小姐小聲低喃。以認真的眼神看著印有肖像畫的跨頁，然後連忙快速翻過書頁，似乎發現了什麼重大的事情。我嚇了一跳，心想該不會是——

「這該不會是第一對開本的真品吧？」

「不是，毫無疑問是復刻本。」

我的懷疑立刻遭到否定。

「紙質很顯然是現代的東西……只是有個地方很奇怪。」

栞子小姐指著翻開的書頁。印在劇名底下的台詞分成左右兩段，就像戲劇簡介一樣。原本應該留白的文字四周卻與襯頁一樣是黑色。

「哪裡奇怪？」

「第一對開本的文字原本是印在框裡，框外四周留白。但這本復刻本的留白部份卻是黑色。一般的復刻本不會這麼做……」

她一手撐著檯子，把臉湊近到眼鏡幾乎要貼在書上了。她按住長髮避免碰到書的動作令我心動。

「這是手塗的……不是印刷，而是用墨水或其他東西，將框外的留白全部塗滿。」

「欸……」

我說不出話來。就算說是留白，範圍也不小，而且這本書的厚度跟百科全書沒兩樣，一頁頁塗黑要花上不少時間啊。

「為什麼要做這麼麻煩的事？」

「我也不清楚……完全沒頭緒。」

這個人斷言自己不清楚，倒是很罕見。舊書收藏家或舊書店不會做這種事。可以確定的是，這本書不只是普通的復刻本，當中隱藏著什麼祕密。

周圍變得更嘈雜了。我們沉默地低頭看著攤開的書頁。事實上我從剛才就對很在意這上面印的劇名。「THE TRAGEDIE OF ROMEO and IVLIET.」。最後一個字不會唸。伊芙……什麼的吧？

「這是哪一齣戲呢？」

「《羅密歐與茱麗葉的悲劇》……就是那齣知名的《羅密歐與茱麗葉》。」

我又看了一眼最後一個字。「IVLIET」——怎麼唸都不會唸成「茱麗葉」。

「女主角的名字不是茱麗葉嗎？」

「是的，這個拼寫就是『茱麗葉』。十七世紀的英文與現代的字母表記方式不同，可用其他字母代替，或是使用與現在不同的文字。J可以用I、U可以用V、W可以用VV表示。《羅密歐與茱麗葉》在不同頁上的拼法也不同。」

栞子小姐一頁頁往下翻。每一頁的最上面都印著劇名，不過茱麗葉的名字有時是「I」，有時是類似「J」的文字，沒有統一，看得令人心煩。

「……他們沒有想過要統一嗎？」

「那個時代沒有這種觀念。假設想統一，也可能遇上印刷需要的活字不夠用。而且當時活字很昂貴，印刷廠沒有太多活字。第一對開本一次也只能印刷幾頁而已。」

「過去的印刷……我記得是撿出一顆顆的金屬活字，裝進像是箱子的東西裡面排好……」

「沒錯！那就是活字印刷。大輔，你知道的真清楚。」

受到稱讚固然開心，但其實我不是特別清楚。只是小時候在電視上看過《銀河鐵道之夜》（註7）的卡通版，對貓外型的主角在撿活字的畫面留下印象而已。

「當時必須一張張印上墨水來印刷，因此需要花費大量時間。約有九百頁的第一對開本的印刷就花了兩年。」

「好久！」

我忍不住大叫。看到我的反應，栞子小姐微笑。

「而且十七世紀的印刷技術水準不是很高，活字錯誤也很多……一方面也是因為書的原料紙張很貴，就算印刷途中有訂正錯誤，已經印好的書頁仍會繼續使用，不會丟掉。」

「那麼，印錯的書頁也會變成書的一部分嗎？」

「是的。即使內容相同，不同的書也有誤植多或少的差別，這種情況並不罕見。尤其是印刷第一對開本的賈加德公司聽說是錯誤很多的業者……除了外觀之外，每一冊的內容也稍有不同。還有許多現在無法想像的情況。例如每位排字工的喜好不同，詞彙的拼字也不同；或是印刷途中臨時想收錄新的劇本，頁碼就變得亂七八糟等等……」

頁碼是指印在頁面角落的數字。當然我也是在舊書店工作後才知道的。

「跟現在這個時代相比……當時對於書的感覺很不同呢。」

「對。……不只是書中的劇本，書本的製作和流通過程，也有著與現代截然不同的故事，十分有趣。」

我突然想起她的母親。學生時代的篠川智惠子研究的是「近代歐洲的出版通路」。是否就是因為感受到栞子小姐現在所說的這種感覺呢？

或許這母女兩人最後還是走上了同樣的路吧。

「篠川、五浦。」

有人從背後叫住我們。一回頭就看到留著少許鬍子的修長男子站在那兒。明明是夏天卻穿著黑衣，外頭套著紅色圍裙。

「不好意思，聽說你們在找我。」

「沒關係……我們才不好意思，謝謝你的聯絡，蓮杖先生。」

栞子小姐向滝野蓮杖道謝。

註7：日本作家宮澤賢治在一九三四年出版的著名童話作品。

2

「你們兩人感情還是一樣好，太好了。」

滝野說完微笑。

「啊，我不是在嘲諷或潑冷水喔，而是真的覺得很好……話說回來，你們只要一談起書就渾然忘我了。」

這意思是他剛剛就已經在旁邊聽我們說話了。

「真抱歉沒注意到你。」

我道歉，滝野把手舉到面前揮了揮。

「不要緊。第一對開本的話題很有趣……啊，對了，篠川，妳聽說卷田先生的事了嗎？就是篠川伯伯擔任理事時的理事長……」

「沒有。在家父過世之後，我和他只有互寄賀年卡的交情而已……在舊書會館也沒有遇到他。」

「聽說他的店收了。身體狀況似乎很不好。」

「啊……原來如此……」

他們兩人的聲音愈來愈小聲。我也沒興趣聽自己沒見過的人的八卦，所以假裝在檢查攤開在《羅密歐與茱麗葉》的復刻本。雖然栞子小姐說紙質與現代書籍不同，但我也分不出來；畢竟我沒有接觸過外文舊書。

繼續往下翻，我發現《羅密歐與茱麗葉》後面收錄了別齣戲——《THE TRAGEDIE OF Troylus and Cressida》——是我不知道的劇名。

（嗯？）

我停下手上的動作，因為突然不曉得自己翻到第幾頁了。《羅密歐與茱麗葉》的最後一幕是七十八頁，下一齣戲從七十九頁開始，但是從八十一頁之後，正文的角落卻沒有標示頁碼。接下來也一樣。我快速翻過去，翻了幾十頁都沒有頁碼。

栞子小姐所說的「頁碼亂七八糟」指的就是這種情況吧。大量的書頁都沒有頁碼，亂七八糟的，這個時代的書可能都是這樣吧。

「……然後呢？你們今天來這一趟，就只是為了這本莎士比亞的書嗎？」

滝野的聲音讓我回過神來。前理事長的話題似乎告一段落了。

「是的。事實上我原先也打算向你打聽這本書是否會出現在今天的書市上……」

栞子小姐說到這裡停住。也就是說那通電話是滝野主動打來的。我還以為是栞子小姐拜託滝野有消息的話，打電話通知一聲。

「你為什麼會聯絡我有人拿這本復刻本出來賣呢？」

這麼說來真是令人費解，畢竟這本書與文現里亞古書堂沒有任何關係。滝野難為情地搔搔頭。

「我是想問問篠川這本書為什麼在這裡……這書原本是誰的？」

「是我外婆珍藏的書。幾天前因為某個原因不得不放手……她希望能夠透過我買回來。」

她只是簡單說明，沒有提起吉原。

「外婆——也就是篠川阿姨的媽媽吧。妳不是沒見過嗎？」

滝野驚訝地張大雙眼。他與栞子小姐認識多年，很清楚篠川家的情況。

「我們最近見面了。她住在深澤……果然也是愛書人。」

在提起年紀、個性、職業之前，先報告對方愛不愛書，實在很有栞子小姐的風格。

「這樣啊，我想也是。」

滝野也很理所當然地接受這種回答。仔細想想，這個人也很愛書。

「我曾經在文現里亞古書堂見過這本書，大約是十年前。」

我們嚇了一跳。大約十年前的話，就是篠川智惠子自告奮勇要幫母親修補這本書那時候。栞子小姐偏著頭。

「當時擺在店裡嗎？」

「不是擺在書架上待售的書籍。當時我代替我爸送東西去文現里亞，正好看到篠川阿姨在櫃台貼這本書的書封……因為是難得的經驗，我在旁邊看了好一會兒。我一直以為這是阿姨的藏書。」

「關於這本書，家母說了什麼嗎？」

「除了提到這是莎士比亞舊作品集的復刻本之外，沒有說得很清楚。她很專注地在修補，店裡也不見篠川伯伯或客人……等等，這麼說來，我記得她說了一件怪事。」

「怪事……？」

栞子小姐小聲重複。

「她說，這是經過特殊裝幀的復刻本……一共有三冊，不過顏色都不同。」

「你問過她還有什麼顏色嗎？」

「我記得應該是……紅、藍、白。記得我當時還心想，跟法國國旗的顏色一樣。」

我不自覺低頭看向復刻本。這一本的書封是黑色，不是紅色、藍色也不是白色。

「把這本也算進去的話，全部就有四冊了吧？」

我插嘴。滝野一邊點頭一邊摸著下顎的鬍子。

「是啊，我當時沒注意，不過現在想想也覺得奇怪。我不認為是自己記錯……」

「蓮杖先生，你剛剛說的，確切來說是什麼時候的事情？」

栞子小姐突然氣勢過人地快速問道。

「我上大學那一年的……九月初。橫濱車站地下街舉辦的特賣會，我們書店和文現里亞都有參加，因為我們店裡運回的商品裡混入了文現里亞的商品，所以由當時正在放暑假的我開車送回去。妳和文香那個時候已經開學了。」

「滝野先生，要開始了。」其他活動管理人呼喚他。滝野瞥了手錶一眼。

「不好意思，差不多要開標了。如果妳要投標那本書的話，快點投吧。」

滝野這麼說完便離開了。在神奈川舉辦的交換會開標過程，是在會場裡的長桌上進行，由活動管理人一一打開每排長桌的信封，確定得標者；至於尚未開標的區域，仍然可以繼續投標。我們所在的長桌是最後才開標，所以還有時間。

「修補這本書的時期怎麼了嗎？」

我問栞子小姐。但是她的視線茫然游移著，沒有回答；側臉看來很蒼白。

「栞子小姐，妳還好嗎？」

我碰了她的肩膀，她才轉向我。

「還好……必須先投標。」

她的回答像是在說給自己聽，視線落在面前的書上。我也把疑問嚥下去。

「……裝幀和書頁色彩等雖然經過許多加工，內容還是復刻本。一九六八年出版的The Norton Facsimile在日本的舊書店也能夠買到。即使是限定版，零售價也幾乎都在五萬日圓以下。除此之外的版本交易價格都在一萬日圓左右。」

我點頭催促她繼續。相較於一般書籍還是很貴，不過以這種大尺寸的專書來說，不是什麼特殊情況。

「我們沒有打算擺在店裡賣，所以無須考慮獲利。出價五萬日圓應該可以得標……但是也有可能設定了底標。」

這個用語連我都知道；來參加過幾次市場所以見識過。

「底標是指拿書出來賣的持有人放入信封的投標單吧？也就是他們可以自行決定最低得標價格……」

聽說這麼做是為了防止拿出來賣的舊書得標價格太低。栞子小姐剛才說過吉原應該不打算把這本書賣給文現里亞古書堂以外的人；如果真是如此，他一定會放入沒人能夠得標的高價底標單。

「是的。這種情況下，就必須猜測吉原先生的底標價可能是多少。」

栞子小姐把拳頭擺在唇邊沉思，似乎難以做出判斷，靜止不動了一、兩分鐘。這段期間，開標作業仍在我們身後順利進行。

直到我開始焦慮時，她終於靠近擺在一旁的投標單。那是以純白的便條紙做成的小紙片，可以從最上面開始一張張撕下使用，在會場裡隨處可見。

她暫時脫下套在右腕上的拐杖，以不穩的姿勢挨著檯子，把金額寫在投標單上——七萬兩千、六萬兩千、五萬兩千、四萬兩千。

（四投標嗎？）

我在心中自言自語。投標金額高的場合，可在投標單寫上多筆金額，最高金額如果在五千日圓以上的話，可以寫兩筆；一萬以上的話三筆；五萬以上的話四筆，分別稱為二投標、三投標、四投標。投標單的金額愈高時，可以利用這種方式確保操作空間，不過我很少看到四投標。

琛子小姐在預估的決標金額五萬日圓之上又多寫了其他金額。即使吉原的底標或其他書店的投標金額高於五萬，只要低於七萬兩千，就是我們得標了。比方說，其他書店的最高投標金額是六萬的話，我們也能夠以投標單上第二高的六萬兩千得標。

寫好金額之後，琛子小姐還是沒有立刻投標；她似乎很猶豫。她把原先寫好的投標單撕下，再花時間寫了新的投標單，可是最後寫出來的金額與第一張完全一樣。

我第一次看到這個人對投標這麼猶豫；不僅因為難以判斷，剛才與滝野那番對話也多少有些影響吧。

「啊……」

撕下的投標單從她的手中飄到通道上。她會出現這種疏失也很罕見。我連忙撿起，折成四折放入信封裡。她的臉色變得比剛才更差。會場裡很悶熱，空氣也不算好，而且人潮也多。

「我們下去一樓吧？」

既然已經投完標了，也沒必要繼續待在這裡。栞子小姐一邊將手臂套進拐杖裡，一邊點頭。

「……好。我們下去。」

我一轉身就僵在原處。身穿白西裝的矮個兒老先生在我面前微笑。或許是圓胖的體型與衣服顏色的緣故，他今天不止腦袋，整個身體看來都像一顆蛋。

「兩位好。」

吉原喜市拿下帽子打招呼。

「在這種地方相遇還真巧。」

巧個鬼——我心想。他一定是算準了栞子小姐會來投標。

「我昨天見過外婆了。」

栞子小姐突然大聲說。不是因為她恢復精神了，看她微微起伏的肩膀也知道。

「這樣啊，那很好。」

老先生故意怪腔怪調地回應。怎麼聽都像在挑釁。

「英子女士從年輕時就吃了不少苦，所以有妳這樣能幹的孫女，她一定很欣慰吧……不，遺憾的是她現在似乎也還在吃苦，與繼子為了某件事漸行漸遠……」

「什麼吃苦……還不是你的威脅造成的。」

我忍不住說出真心話。害水城英子再次嚐到苦頭的人，就是這位老先生。

「說威脅太過分了吧，我不知道你在說什麼。」

「你用照片威脅他們吧。我們可以去報警。」

「我無所謂，不過警方應該也不懂你們為什麼要報警……畢竟我只是拿出從客戶那兒得到的照片罷了。」

他以事不關己的表情回應。老實說，我不認為準備萬全的吉原會留下任何可能被視為是威脅的發言。找上警察的話，身為第三者的水城隆司也可能會因此暴露隱私。這一點他早看穿了吧。

「我們無意把事情鬧大。」

栞子小姐往前一步制止我。

「水城家的人希望買回這本書……也盡量準備了足夠的費用。可是，我希望交易金額至少要公正。您也是加盟了舊書商會的專業人士，應該具備對等的良心吧。」

一瞬間，吉原似乎被澆了冷水般陷入沉默。唯有通過審查、加盟舊書商會的業者，才能夠拿書出來參加舊書交換會的拍賣。

「……我當然會秉持良心。再怎麼說我也是在妳出生之前就開始做這份工作了。」

他的咬字比平常含糊了一些。看來再怎麼樣他也不會說出「誰在乎良心」這種話吧，他還是有這點自尊的。

「那麼，請您別在背地裡做出提高得標價格的行為……以您的良心發誓。否則大輔可以像剛剛說的，找警方談談。」

栞子小姐的上半身往前傾。我連忙扶著她的肩膀。她似乎快到極限了，不過還是以強烈的目光注視著吉原。原本在觀察她的吉原突然把視線轉開。

「哼，沒問題。我今天原本就沒打算放入高價底標單。我就在一旁看著妳得標。」

聽不出他的話中有任何樂意的成分，不過這樣反而比較真實。

「好……我相信您。」

她乾脆地說，表情痛苦地扭曲。

「抱歉，我離開一下。」

她捂著嘴往會場出口走去，我也連忙跟上。走到門前一回頭，只見老先生把帽子抵在胸前，正以誇張的動作目送我們離去。

3

栞子小姐走入一樓的女廁。

我在走廊休息區的長椅上等她出來。成排的自動販賣機的壓縮機發出低鳴。這裡以前是吸菸區，自從館內禁菸之後，使用的人就少了。現在這裡除了我之外，沒有其他人。

我們在這裡的期間，會場仍在開標。我回想栞子小姐與吉原剛才的對話。

我不認為她是真的相信那個老頭的良心；應該只是希望多少能降低他放入高價底標單的可能性。書市投標有個稱為「修正」的制度，可以透過追加的方式，再放入金額更高的投標單。賣書的持有人的底標單也有同樣權利。也就是說，吉原有心的話，一定有辦法抬高投標價格，而我們卻沒有方法阻止他。這也是即使未必會生效，也只能訴諸良心的原因。

我看到栞子小姐從廁所出來。她正低頭看著手機。是收到電子郵件嗎？注意到我在這裡，她拄著拐杖快步過來。身體狀況似乎好了不少。

「要不要休息一下？」

我對她說，她點點頭坐在我旁邊。這裡是走廊盡頭，冷氣比人多的會場內涼爽。

「對不起，讓你擔心了。」

「沒關係……要喝東西嗎？」

我正要站起，她卻指著我剛喝過的瓶裝水。

「可以讓我喝一口嗎？」

我把瓶裝水遞給她，但沒有說那瓶我喝過了。這種時候我才有自己正在和這個人交往的感覺。我不自覺看著她白皙的喉嚨上下滾動。

「……好喝。」

她吐出長長一口氣，腳尖與斜放的拐杖朝同樣的角度伸展。她今天穿長裙，沒穿絲襪的腳下踩著涼鞋。腳上塗著帶橘色的漂亮指甲油。

「妳為什麼要向滝野先生確認妳母親修復那本書的時期呢？」

我開口問出剛才忍著沒問的問題。我還以為她會猶豫，沒想到她立刻回答：

「蓮杖先生就讀大學一年級那一年，我是國中三年級，家母就是在那一年的九月中旬離家……應該就是在修復外婆的書之後不久。」

「啊……」

我為什麼沒發現呢？明明知道篠川智惠子離開文現里亞古書堂是在大約十年前。

「意思是與那本書有關嗎？」

「……或許是。」

以前我聽背取屋志田說過，篠川智惠子正在追蹤一本「不是真心想要的話，無法得到的驚人舊書」，而且她直到現在仍在尋找。

「她該不會是在找第一對開本……」

價值數億日圓、全世界只有兩百幾十冊的珍本書。如果不是真心想要，的確得不到。

「我也想過這個可能性。關於現存已知的所有第一對開本，每一冊的特徵與擁有者資訊都可以查得到，大部分都在研究機構或知名的舊書收藏家手上。沒有計劃、漫無目的地追尋的話，是得不到的。

當中也有些第一對開本被偷之後下落不明，不過那些書如果出現在書市的話，比較有可能會物歸原主，不是發現者可以隨便弄到的東西……不管怎麼說，我不認為她的離開與外婆的復刻本有關。」

如果是這樣，她在追尋的是完全無關的書嗎？我當然也無法確定志田的話有幾分真實。

「不過，那本復刻本裡也許有線索。如果得標的話，我打算取得外婆的同意，仔細調查一番。」

簡言之，如果那本書拿不回來，也就無從得知答案了。

走廊另一頭的電梯門打開，堆放舊書的手推車與身穿圍裙的某家書店店員從電梯中出來。他在搬運得標的商品。

「那本復刻本的開標差不多結束了……走吧。」

栞子小姐把右臂套入拐杖後站起。

二樓會場的開標作業即將結束。結帳完畢的舊書由店員們四處堆放在手推車上。擺著那本復刻本的窗邊檯面此刻正好結束開標。滝野正在收拾用以擋住通道、避免閒雜人等進入的長桿。

舊書店店員們紛紛前往確認投標商品。那本復刻本也有幾個人在確認，不過所有人都一臉疑惑地搖頭離開，似乎沒能得標。

鬆鬆綁在書上的塑膠繩上貼著一張投標單。按照規定是貼上投標金額最高的投標單。若是底標金額更高，就會貼上底標單。

貼在那裡的是栞子小姐的投標單，還是吉原的底標單呢？——我和栞子小姐同時湊近看向那張紙。

「咦？」

我瞠目。貼在哪兒的投標單兩者皆非，單子上寫的金額由高到低是九萬零三十、八萬五千零三十、八萬零三十、七萬五千零三十——每筆金額相差五千日圓的四投標。單子上第二高的八萬五千零三十畫著圈，表示這是決標金額。金額下方有店名，寫著一人書房。這是一人書房的井上的投標單。

（那家店為什麼……）

一人書房是專營懸疑及科幻類的舊書店，也買賣國外作品的原著及雜誌。不過我沒聽說他們也經手莎士比亞這類英文文學經典。

「這到底是……」

我旁邊傳來低沉的喃喃聲。身穿白西裝的吉原就站在我身邊。他的招牌笑容此刻已經消失。

「這是那一家書店呢？」

這位老先生似乎也沒料到情況會是這樣。栞子小姐目光嚴肅地緊盯他的側臉。

「吉原先生，您果然投了底標單吧，在我們離開會場之後。」

她指著寫有一人書房的投標單。我順著她的手看過去；第二高的八萬零五千日圓是得標價格，也就是在八萬零三十日圓與八萬五千零三十日圓之間有人投標。當然是比栞子小姐的投標更高的金額。老先生也沒有打算否認；他一點兒也不在乎曾經講好要秉持良心。

「妳才是動了什麼手腳吧。」

微笑終於回到老先生嘴邊。可是他的雙眼窺視著四周，沒有平常的親切。

「看樣子順利得標了。」

井上頂著一頭白髮現身對栞子小姐說：

「這樣可以嗎？我姑且是按照妳的指示投標了。」

「是的……有勞您了。」

「舉手之勞。改天碰面時再給我錢就好。這本書妳要現在帶走也行。」

我有些明白了，是栞子小姐請他幫忙投標這本書。這麼說來，她離開廁所時正拿著手機，一定是寫電子郵件或透過什麼方式拜託他了吧。

「謝謝您的幫忙。那個，我一定會回報……」

「不需要，我不是說了還欠你們一份人情嗎？」

井上不太自在地說完就離開了。栞子小姐正面迎上吉原的視線；大大方方抬頭挺胸直立著的她，對上臉色比平常更無生氣的老先生——稍早的立場似乎顛倒了。

「吉原先生，我有事想跟您談談……方便借我一點時間嗎？」

4

「不過妳還真是比我想像中更強勁的對手。這麼簡單就瞞過我了。」

我們來到舊書會館附近的連鎖咖啡廳。我去收銀檯買好咖啡、回到座位上時，吉原面對栞子小姐說：

「我還真是大意了。分明是愚者還以為自己很聰明。」

「而賢者認為自己是愚者……這是引用自《皆大歡喜》吧。」

栞子小姐冷冷接完後面的話，絲毫沒有被老先生的奉承打動。她似乎對於結果也不是很滿意。

「雖然最後還是由我買下，但我花了比原本更高的金額買到這本復刻本，這點還是沒有改變。」

復刻本被裝進紙袋裡，擺在栞子小姐的腳邊。

「……對不起，這到底是怎麼一回事？」

進入正題之前，我戰戰兢兢地發問。除了栞子小姐拜託井上投標之外，其他事情我一概不知。

「哎呀呀。」吉原誇張地縮起肩膀。

「原來她連你也沒說啊。怪不得你擔心她的樣子那麼真實，原來是你也上當了……這位小姑娘演了一場戲。連身體不舒服都是裝的。」

「欸！」

栞子小姐滿懷歉意地垂下視線。

「與蓮杖先生說話時，我是真的有些暈眩，後來有一半是演的……我本來想跟你解釋，卻錯過了時機。對不起。」

她朝我低頭道歉。也就是說有一半真的是身體不舒服。這麼說來，她從廁所出來時，精神好了不少。她也許打算在休息區向我說明，我卻開口問她與滝野談話時察覺到什麼。

「沒關係。不過為什麼要演那場戲？」

「我還顧會場時注意到吉原先生在觀察我們，於是……」

她說得吞吞吐吐。然後發生了什麼事？對了，栞子小姐難得對於投標猶豫不決，重寫了投標單，還掉在通道上——我突然懂了。

那時候我一轉身就看到吉原站在我們旁邊。

「原來……妳是為了讓他看見，所以才故意弄掉投標單吧。」

我終於掌握情況了。我們無法防止吉原抬高投標價格、阻止得標。但倘若吉原知道栞子小姐的投標金額，他就沒有必要再隨便補一張高額的底標單；畢竟應該也沒有其他舊書店的投標單會比文現里亞古書堂更高了。所以他的底標單金額只要高過文現里亞一點點就行了。

也就是說，她利用暴露自己底牌的方式，來操控吉原的底標單金額。吉原萬般佩服地對栞子小姐微笑。

「現在回頭想想，妳早就安排讓我嗅到水城家有意用更高價格買下那本書的味道。良心等等幼稚的話也是故意說的吧，想要藉此誘使我放入修正的底標單來諷刺妳……以即興演出來說，妳的心理戰術頗為周全呢。」

吉原的話裡沒有對於戰敗的遺憾，聽來是由衷地在稱讚，反而讓我有股帶刺的不悅感。彷彿這位老先生的評價愈高，被評價的人就愈不正派。

「沒那回事。」

琹子小姐卻立即否認。

「良心那番話是我的真心話……我只是寫了電子郵件拜託一人老闆如果看到您再次投標的話，請他按照我寫的金額投標。我在心裡期待著您是可以信任的人……畢竟您曾經替我外公工作。」

我的心裡感受到一陣衝擊。在此之前，我自以為懂得一切，其實根本什麼也不懂。她在吉原身上看到的，是外公尚大的影子；她不想認為與自己血脈相連的外公，以及在他身邊的人都缺乏良心。

沉默降臨在我們這一桌。

笑容遠離吉原的臉，只剩下夕陽般的憂鬱。他突然變成普通老人常見的冷靜表情。

「琹子小姐想要從我這兒知道尚大先生的事情吧。」

吉原的喃喃聲聽來像是獨白。沒等琹子小姐回答，他繼續往下說：

「很遺憾，尚大先生是個大壞蛋。只有表面看似親切，實際上卻不把人當人看。他年輕時因為沒學歷也沒錢，被人整得很慘，吃了不少苦頭，所以直到很久以後仍然懷恨在心。他經常說，這份工作需要不擇手段取得或賣出商品的熱誠與覺悟。也就是說，不管書還是錢，都要從別人身上榨取。他是個很糟糕的人，與光明正大八竿子打不著邊。

妳的爺爺，也就是聖司先生，與其他徒弟們相繼離開、智惠子小姐不聽他的話，這些也是無可厚非。他傲慢、自以為是、吝嗇，而且還是個偏執狂，實在很難找到他的優點。」

明明說著一連串他的壞話，吉原的語氣卻像是在緬懷故人。我甚至覺得他話中的意思是完全相反的。

「但是他臨死之前卻是個寂寞又孤獨的人，彷彿獨自徘徊在荒野中……所以我才……」

吉原突然緘口，露出的苦笑彷彿在說自己透露太多了。他似乎不打算說完接下來的話。

「這麼說來，這一趟是妳找我，不是我找妳吧。我還沒聽到妳找我的原因。」

栞子小姐靜靜點頭。她為了什麼事情找吉原，我也完全沒有頭緒。

「我想談的是吉原先生您真正的目的。」

「……真正的目的啊。」

老先生原封不動地重複了一次，彷彿有生以來第一次聽到這句話。

「您從真理婆婆那裡收購了久我山家的藏書，因此在這幾天裡從我們這兒獲得了高額的獲利。把太宰的《晚年》以不合理的高價賣給文現里亞古書堂，又以不正當的手段拿走水城家的第一對開本復刻本……」

「究竟是否正當，我對於這一點的見解不同，不過姑且就不在這裡討論了。妳繼續說。」

吉原將掌心朝向栞子小姐，催促她繼續。這個動作莫名能夠挑起別人的不耐。

「可是您的目的應該不只是金錢上的利益。您把《人肉質入裁判》交給我們時，我就感覺到了，不過今天的事情讓我有些明白了……如果您的目的只是為了高價賣出水城家的復刻本，拿到書市上競標就沒有意義。就算是想要找我們麻煩，我們也有可能沒注意到您把書拿出來賣了。」

聽她這麼說，我才想到滝野通知我們，也是因為碰巧在文現里亞古書堂看過那本書。栞子小姐雖然說過原先有意要確認這書是否有被拿出來賣，不過那也是因為昨天接受了水城祿郎的委託；即使吉原能夠預見水城家會找上栞子小姐諮詢，也無法預估會在什麼時候。

「……那麼，妳認為我的打算是什麼呢？」

「為了讓某人注意到你做的事情，促使對方主動聯絡您。或許是您不知道對方的聯絡方式，又或是對方不回應，所以您費了一番苦心。」

「妳沒說出最重要的關鍵，我是希望誰主動聯絡……」

「我的母親，篠川智惠子。還用得著說嗎？」

栞子小姐直接說出了名字。

「把篠川家與水城家逼入窘境、讓我們陷入驚慌，我們當中的某個人或許就會找上您的老朋友，也就是家母商量……您不就是為了收集做這些事的材料，才收購久我山家的藏書嗎？」

我想起吉原造訪文現里亞古書堂時的情況。這位老先生突然問我們是否從篠川智惠子那裡聽說過他；在水城家甚至還拿出篠川智惠子的照片出來聊了一會兒。仔細想想，兩邊的交易都與她無關——至少表面上是這樣。

「假如這就是我的企圖，只要老實拜託妳或英子女士轉達，不也可以嗎？」

「變成等待回應的一方，您就無法掌握主導權。因此您無論如何都希望是家母主動與您聯絡。而您找她是為了一樁連小細節都必須小心翼翼的事情。就像魔術師不會做全盤說明就開始變魔術一樣，都是為了控制全場。」

「原來如此。我拿那本復刻本出來賣的動機，妳怎麼想呢？」

「我認為是想要吸引家母的注意……您找她八成是為了某件與莎士比亞有關的事。商會裡有許多家母認識的人，他們有可能會把消息告訴家母。」

老先生稍微交抱雙臂，目不轉睛地凝視栞子小姐。看似無話可說，也像是在評估對方。

「也就是說，妳和英子女士都沒有聯絡智惠子女士啊。」

老先生的話中摻雜著嘆息。他承認了——我心想。我這個旁聽者原本還半信半疑——不對，他這反應或許也是裝出來的。

「妳為什麼不找母親商量？」

「因為她是十年前就拋家棄子離開的人。」

栞子小姐冷冷回答。

「可是她最近幾個月不時會回來北鎌倉，也曾去英子女士家裡拜訪過一次……不是和家人和解了嗎？」

「……不是。」

栞子小姐搖頭。她們的確在四月之後見過幾次面，不過這不代表她們已經和解了。篠川智惠子究竟是我們的敵人還是夥伴，現在仍不清楚。

「我們也沒有能夠確實聯絡到她的方法。除非她自己願意，否則沒有人能夠與她取得聯繫。外婆的確在五月時與家母見過一面，不過她也不清楚聯絡方式。」

我住院時，來探病的篠川智惠子也提過與水城英子見面的事——這麼說來，她應該是有事找水城英子吧。雖然她說只是去打聲招呼就離開了。

「您以為那個人有那種良心，只要看到自己的女兒或母親有困難，就會出面相助嗎？」

「我沒有期待那麼多，不過常言道良心（註8）有千百之舌；就算是再小的聲音，只要開口呼救，相隔再遠都能傳達。至少能夠引起她的好奇……妳應該也有一個她私人的聯絡方式吧？」

栞子小姐沒有回答。篠川智惠子離家時，留給栞子小姐的坂口三千代《Cracra日記》裡寫著聯絡用的電子信箱。但是現在用那個信箱與她聯絡，也不會得到回應。

「就算我沒有出現，妳應該也有事情要找智惠子女士商量，不是嗎？……比方說，令妹的學費。」

「……咦？」

我不禁看向栞子小姐，完全不明白吉原指的是什麼。栞子小姐臉色鐵青。

「您是從哪裡……」

「哎呀，原來連五浦也不知道呀。」

吉原打斷栞子小姐，轉向我繼續說：

「篠川家的戶頭裡幾乎沒錢了。過世父親的龐大醫藥費，再加上建築物因為前陣子的大地震需要做耐震補強。幸好房子是自己的，經營雖然辛苦，也不至於需要把店收掉……但是，妹妹文香小姐就要升學了。她很堅強，似乎打算用助學貸款上她想去的大學……」

咖啡杯鏘地一響，我不自覺握拳敲了一下桌面。我氣自己的無知。上大學很花錢。篠川姊妹一定對此很煩惱。

昨天早上談到《晚年》的費用時，栞子小姐說要找時間與我好好談，就是這件事吧。考慮到文香有偷聽的習慣，栞子小姐不方便在店裡告訴我。

「你知道得這麼清楚，卻還獅子大開口嗎？」

註8：良心一詞的日文音同雙親。

我說的是另一件事。比起對任何人，我當然對吉原最感到生氣。他居然對年紀足以當他孫女的姊妹兩人如此窮追猛打。

「獅子大開口這話說得可真難聽……既然你這麼說，剩下的四百萬一筆勾銷也無訪。」

「什麼？」

完全被擺了一道。我跟不上他的思考速度。

「假如妳能夠聯絡上智惠子女士，而她也因此與我聯絡的話，《晚年》剩下的費用就不用付了……啊啊，如果妳覺得不能這麼簡單就相信我，我現在就立契約。」

吉原不等我們回答，逕自打開公事包拿出文具。

「我還沒有說完。結果您找家母是為了什麼事？」

栞子小姐問。老先生興沖沖地拿開咖啡杯，打開報告用紙；底下有墊板，似乎是可以複寫的紙。

「當然是有事找她商量。」

吉原這樣說著，拿下鋼筆的筆蓋。

「事到如今瞞著妳也沒有意義。總之我弄到智惠子女士應該會有興趣的東西，那是對我們雙方來說都有莫大利益的東西……其實不是和智惠子女士，和妳交易也可以，不過妳得有能力吃下我開出來的條件才行。」

什麼叫做「得有能力吃下條件」。一副踐樣。我們不可能再與吉原交易。如果他想見篠川智惠子，就自己想辦法去找——我是這麼想，沒想到栞子小姐的反應卻不同。

「假如我能夠聯絡上家母，您希望我怎麼跟她說？」

我愣了一下。她該不會是打算接受這個老頭的要求吧？

（不對，等一下。）

如果只是聯絡，或許不是什麼壞事。栞子小姐只是被捲入吉原與篠川智惠子的糾紛中。對方雖然獅子大開口，不過無須支付剩下的四百萬的確幫了大忙。

吉原停筆沉思。

「這個嘛……」

戲劇性地停頓了一段時間之後，他對栞子小姐露出滿是皺紋的不祥笑容，說：

「請告訴她，吉原說：『剩下的全部都在我這裡。』只要這樣說，她應該就懂了。」

5

吉原強迫我們接受他振筆疾書寫好的契約之後，就起身離去。我們還有話要談，所以繼續留在店裡。

「關於文香的學費，是真的嗎？」

我換到對面的座位上，問栞子小姐。她輕輕地閉上雙眼幾秒，似乎很掙扎。

「只要努力一點，學費還是籌措得出來。我是靠雙親的錢上大學的，不希望只有小文要為此吃苦……」

助學貸款必須償還。我身邊也有幾個靠助學貸款上大學的人；雖然可以慢慢償還，但是背負著幾百萬日圓的債務，處境還是很嚴苛。

「大輔加入我們之後，店裡有過幾樁大批收購吧？所以我們也開始能夠存錢了。之後只要我賣掉自己的藏書或申請貸款的話，應該可以渡過難關……」

「她本人反對吧？」

這一點我還察覺得出來。栞子小姐遺憾地點頭。

「不管怎麼說我也是姊姊，所以我想盡我所能……但在這點上我們的想法一直是平行線。」

我了解她身為姊姊的心情，不過我不認為那個妹妹會乖乖接受她的安排；畢竟文香十幾歲就在記家計簿，對於篠川家的金流應該很清楚。她一定不希望害姊姊為了自己而吃苦。

「結果因為那個老頭，所有計畫都付諸流水了，是嗎？」

原本就已經是「只要努力一點」就可以負擔學費的狀態了。沒想到對方要求八百萬，就算只需支付一半，一定還是很吃力。

「是的。昨天已經把緊急預備金，以及原本要當學費的錢全都付出去了……但是如果有一筆大宗的舊書交易的話，情況就另當別論了。」

我一時間不懂她的意思。我雙手撐著桌面，上半身探向前。

「妳該不會是想要答應他剛才的要求吧？」

能夠帶來莫大利益的東西——聽來沒有比這更可疑，像踩地雷一樣危險的話了。畢竟那是久我山尚大的前任掌櫃，找上前繼承人之一的尚大女兒進行的交易；一個弄不好，可能會同時落入雙方的陷阱。

「……不，我不是在考慮那個。」

她口氣強烈地否認。可是在她開口回答之前，卻奇怪地停頓了一會兒。

「我只是在考慮與母親聯絡的事。我剛才只是想要從吉原先生那兒取得情報，雖然我心裡還沒有明確的答案。」

總之她的行為是有含意的。究竟是什麼樣的交易呢？只要栞子小姐不是被這個挑起興趣就好。

「『剩下的全部』是什麼意思呢？」

「我也不太清楚……但我認為跟這本復刻本有關。」

琹子小姐垂下視線，看向腳邊的紙袋。影子遮住她畫著淡妝的臉頰。為了舊書而陷入沉思的她，果然很美。

「家母在五月底前往深澤拜訪外婆一事，大輔早就知道了吧？」

「咦？啊，是。」

看她看得入迷的我連忙回到現實。

「不過我聽她說馬上就離開了。」

「是的。我問過外婆，她也說家母只在書房站著聊了十分鐘左右……但是家母當時似乎有拿起這本復刻本翻閱。相隔十年後突然出現，卻只為了仔細觀察這本書，外婆也覺得很奇怪。」

「也就是說，她是特地去看這本書的嗎？」

「或許是……我不知道是否有關，不過外婆問了家母一個問題……問她為什麼拋棄自己的家人。」

對於相隔十年才現身的女兒來說，這問題還真是單刀直入。不過以水城英子直言不諱的個性來說，她會這麼說也不奇怪。我可以想像那場面是什麼模樣。

「妳母親怎麼回答？」

「她說因為她發現『現在的我不是我』。」

「……這是什麼答案。」

真是令人生氣的回答。被那種像是年輕人要找尋自我的理由拋棄，家人情何以堪。

「那句話也是引用自莎士比亞。反襯……也稱為矛盾修辭法，是表現矛盾內容的方式，在莎士比亞的戲劇中經常出現。最有名的應該就是《馬克白》裡的『乾淨就是骯髒，骯髒就是乾淨』。至於『我不是我』，則是出現在《第十二夜》及《奧賽羅》。《特洛伊羅斯與克瑞西達》當中也有類似的表現。」

「可是……自己就是自己吧？」

「我想這是為了表現——在這裡的自己是虛假的，真正的自己應該在別處——這種焦慮感吧。現實生活中也常有這種情……」

她的聲音突然變小。她自己也注意到了吧。

「我不是在袒護母親。」

她難為情地把頭轉向一邊。就算是關係交惡的母親所說的話，只要是引用自書裡，她一不小心就表現出可以理解的樣子。

「這麼說來，我剛才在翻開的復刻本裡看到了《特洛伊羅斯與克瑞西達》，不過我不曉得正確該怎麼唸。」

我改聊其他話題。《特洛伊羅斯與克瑞西達》的原名是「THE TRAGEDIE OF Troylus and Cressida」——我對於內容當然也一無所知。

「特洛伊羅斯和克瑞西達都是登場角色的名字。這是以特洛伊戰爭時代（西元前一一九三～西元前一一八三年）的特洛伊與希臘為舞台的問題劇。」

「問題劇？不是悲劇？」

劇名寫著「TRAGEDIE」，因此我以為一定是悲劇。

「那齣戲的內容稱為悲劇的話，實在諷刺過了頭……這齣戲是難以分類的那一型，因此後來的研究學者稱之為問題劇。《特洛伊羅斯與克瑞西達》在第一對開本之前也曾經出版，不過不同版本的劇名也不同，有些有加上『TRAGEDIE』，有些則否。」

「在不同書中連劇名也有可能不同啊。」

栞子小姐點頭。

「內容也有諸多差異。第一對開本裡是否有收錄這也很難說，因為目錄裡沒有《特洛伊羅斯與克瑞西達》。」

「咦？目錄裡沒有，書裡卻有嗎？」

「是的。第一對開本收錄了三十六篇戲劇，不過目錄只有三十五篇。據說是著作權的取得過程不完善，才會挪到最後才印刷。」

如果發生在現代，應該就必須全部重印了。雖然覺得那個時代的書很珍貴，所以這類流程應該會做得更徹底才是，不過似乎也不完全是這樣。正因為珍貴，所以才無法隨便重印吧。

「就連收錄在哪裡，都有一番迂迴曲折的故事，所以《特洛伊羅斯與克瑞西達》幾乎都沒有頁碼。」

「啊，確實是。」

我剛才在舊書會館也注意到了。當時不知道自己翻到哪一頁，感覺很奇怪。

「那麼，也就是因為諸多原因，這篇才會排在《羅密歐與茱麗葉》之後吧？」

我以輕鬆的口吻這麼說，栞子小姐的臉卻突然緊繃，好像開關被關上了，身子動也不動。

「栞子小姐？」

我憂心忡忡地開口喊她。她突然判若兩人，動作變得敏捷，從腳邊的紙袋拿出那本黑色的書，咚地一聲重重放在桌上。那本厚重的大書引起旁人注意，不過她絲毫不在意，以驚人的速度翻著書頁，仔細檢查她要找的書頁正反面。

「……不對勁。」

「哪裡不對勁？」

「請看這裡。」

她拿給我看的是七十七頁。正文上方印的小標題是「The Tragedie of Romeo and Iuliet.」，照例是用「I」代替「J」，所以這篇是《羅密歐與茱麗葉》。正文底下寫著「FINIS」，還大大印著類似家徽的標誌。看來這篇劇本到這裡就結束了。

翻開下一頁，從七十八頁開始是「THE TRAGEDIE OF Troylus and Cressida」，也就是《特洛伊羅斯與克瑞西達》。我看不出來哪裡不對勁。

「這一頁怎麼了嗎？」

「《特洛伊羅斯與克瑞西達》這篇不應該擺在這裡。在其他第一對開本裡都是緊接在歷史劇之後……也就是擺在悲劇的開頭。據說編纂者之間對於這篇劇本應該歸為哪一類也是意見分歧，因此將這篇擺在歷史劇與悲劇之間。」

「既然如此，這裡是裝訂出錯……咦？可是頁數是連貫的。」

我自己也前後翻動書頁，數字是一個不差地連貫，七十七之後是七十八、七十九、八十。不過接下來好幾頁都沒有頁碼。

「話說回來，怎麼到這邊才七十或八十頁呢？」

這麼厚的一本書已經翻到後面了，怎麼看都是幾百頁才對啊。

「這也是有原因的……我之前說過，第一對開本裡收錄的戲劇是根據類型分類，所以頁碼也是按照每個類型獨立編碼。

對開本所收錄的內容，首先是喜劇，接著是歷史劇，最後是悲劇，因此即使到了後面的頁數，頁碼的數字也不大，感覺就像是將喜劇、歷史劇、悲劇這三本書合成一冊。」

原來如此，怪不得一本書裡的頁碼會分開計算。我漸漸感受到這本書與現代書的不同。

「我解釋一下為什麼排列順序改變了，頁碼數字卻連貫。《特洛伊羅斯與克瑞西達》原本預定排在《羅密歐與茱麗葉》之後，印刷到一半卻臨時變更順序，改置於悲劇的開頭……在這種情況下，變更之前印好的開頭幾頁也就這麼繼續使用了。我沒有機會確認第一對開本的實際情況，不過如果按照原本的排列順序，頁碼應該不會連貫。」

她稍早在舊書會館也提過，即使內容有誤，經過修正，已經印好的書頁還是會繼續使用。

「那麼應該是有人擅自更換了順序吧？為了讓《羅密歐與茱麗葉》與《特洛伊羅斯與克瑞西達》的頁碼連貫。」

「我也是這麼認為。雖然不清楚是在哪個時代，不過恐怕是書的持有人對於戲劇的排序有所疑惑——」

她突然又像開關被關上，話說到一半就停住；整個人仍然面對著前方，視線卻不是對焦在她面前的我身上。她凝視著遠方的某處，雙眼卻不安定地閃閃發光。

「栞子小姐？」

沒有回答。腦子大概又在全速轉動了。我很清楚她在思考書本祕密時的模樣——至少我本來以為自己清楚。但是她今天的樣子有些不同。篠川栞子一點兒也不像篠川栞子，彷彿有另外一個人坐在這裡。我的背後竄過一陣顫慄。

我本能地離開座位，雙手緊緊夾住她的臉。店裡的冷氣不強，她的皮膚卻好冰冷。不曉得為什麼，我很慶幸她在我的手還能夠觸碰到的範圍之內。

「琹子小姐，看著我！」

我從離她很近的地方呼喚她。情緒慢慢回到她猶如彈珠般的眸子裡。我鬆了一口氣。熱度也回到她的雙頰上——不對，應該說她的體溫急遽升高。

「別……」

她的雙唇稍微動了動。

「什麼？」

「別、別人……在、在、在看……」

我這才注意到，連忙坐回椅子上。我的背上能夠感受到四周其他客人的視線；因為我剛剛太大聲了。我想，如果現場有一對情侶隔著一本大書，以詭異的方式打情罵俏，我也會感到好奇吧。

「……我們回店裡吧？」

我小聲問，琹子小姐微微點頭。

回到店裡之後，這天幾乎無法工作。

栞子小姐雖然不像翻開那本黑色復刻本時那麼奇怪，還是比平常寡言。她說了「自己也不擅長這領域，今晚需要好好調查」之後就一直在沉思。難得見她對於書的話題這麼沉默。

我想導火線是我提到戲劇的順序，但我也不清楚為什麼有關。不過，在打烊下班之前，她問我：「如果方便的話，明天的公休日能否來店裡一趟？一切到時候再說。」我回答：「一定會到。」也沒有其他事情比這個更重要了。

「怎麼？你沒食欲嗎？」

聽到母親的聲音，我重新握好湯匙。昨天煮的咖哩已經熱好擺在我面前冒著熱氣。

「啊，不，我很餓。」

配著飯上的炸雞塊一起送入嘴裡。一如往常的美味。我正在家裡與母親坐在餐桌前吃晚飯。我們母子兩人住在距離大船車站徒步幾分鐘、已經歇業的日式簡餐店二樓。

經營日式簡餐店的外婆在兩年前過世。家父也在我出生之前就辭世。我是由外婆和母親兩人養育長大的。

隔著一大盤凱薩沙拉坐在我對面的母親，正吃著烤雞肉串配啤酒。烤雞肉串和炸雞塊是從車站前商店街的熟食店買回來的。桌上還有她自己做的燙菠菜。

「平日就喝那麼多，這樣好嗎？」

我問已經拿起第二瓶啤酒的母親。

「有什麼關係？我明天也休假。我不是告訴過你了嗎？」

我的母親——五浦惠理在橫濱的食品公司擔任業務。和我一樣身形高大體力好，最可憐的是連長相都很神似。

「我現在才聽妳說……我今天早上起床時，妳不在吧？」

「我很早就醒了，所以去附近走走。從大船觀音往玉繩台的方向繞一圈後回來，回程還去了一趟花藝中心……你也要活動身體啊，受傷之後很容易發胖。」

「我知道啦。妳既然休假，怎麼不去旅行呢？」

「你不懂，對大人來說，什麼事也不做才是最奢侈的放假方式。再加上最近忙翻了，更覺得如此。」

外婆過世之後，我們基本上都是各自解決三餐，不過一個禮拜裡偶而會有幾次像這樣一塊兒吃飯。我認為我們母子之間的關係不算差。

我再次放下湯匙，稍微咳了咳，清清喉嚨。

「過一陣子，我想請栞子小姐來家裡一趟……妳大概什麼時候有空？」

正在仰頭灌啤酒的母親瞇起眼睛。那對足以與大船觀音匹敵的三白眼雖是遺傳自外婆，但露出這副表情並非她心情不好，而是正在認真思考。

「這個月中旬應該沒那麼忙吧。我隨時都可以，需要請假也沒關係。」

說完，她放下啤酒罐。身為大人的她，似乎察覺到我為什麼想讓她與栞子小姐見面。

「我是沒問題，不過篠川小姐的時間呢？你們說好要挑那一天了嗎？」

「不，我們還沒有談到這部份……」

母親的三白眼突然白光一閃。這次真的是因為不高興了。

「你真是蠢斃了。應該先問篠川小姐才對吧？這種事情當然是你們兩個談好之後，再來告訴我吧。如果她沒有來打招呼的打算，你該怎麼辦？」

我雖然很不甘心，不過她說的是事實。因為栞子小姐提過有考慮要來拜訪我的母親，所以我忍不住就這麼問了。

「篠川小姐跟你不同，她有很多事情要忙吧？有工作，妹妹又要考大學了，而且父母都不在……嗯？不過她最近是不是和母親見過面了？」

「等一下，妳怎麼會知道這些事？」

我不記得自己曾經告訴母親有關篠川家的情況，應該也沒有其他人會告訴她吧。

「你說什麼傻話？我當然是聽篠川小姐說的啊。」

我愣住，我對這事完全不知情。

「什麼時候？」

「就是你受傷住院的時候。我趕到醫院時正好遇到篠川小姐，她向我道歉，說害你被捲入她的問題，她很愧疚。明明不是她的錯……結果她就把事情的經過全部都告訴我了。」

「全部……是從哪裡說起？」

「很多啊，當然也有篠川小姐家裡的事，還有你開始在那兒工作之後這一年發生的事……珍貴的太宰治著作被奇怪的跟蹤狂偷走之後，連警方都騙的事，你因為這樣一度氣到辭掉店裡工作的事。這次則是與之前的跟蹤狂聯手對付其他怪書迷云云……」

她真的說得很深入——我不自覺地冒冷汗。

「……她有提到外婆的事嗎？」

「咦？外婆是指我們家的？為什麼要提到她？」

她的反應似乎不是在裝傻。看樣子栞子小姐瞞著五浦絹子與田中嘉雄的祕密沒提，只說了跟自己有關的事情。

「啊，呃，因為外婆很久以前是文現里亞古書堂的客人，經常光顧文現里亞的其他愛書客人也是我們簡餐店的常客……所以我才想說她可能會提到。」

我連忙敷衍。母親沒有露出懷疑的表情，只隨口漫應一句「這樣啊」。

「這麼說來，她好像提過我們家的日式簡餐店與他們家的舊書店有很久遠的關係。不過頂多就是這樣吧。她怎麼可能提起那個人，那個眼神兇惡的老太婆就是一個不起眼的日式簡餐店老闆娘罷了。」

母親說著說著突然變得刻薄。從我懂事起，外婆與母親的關係就很不好；但是長相與個性最像那位眼神兇惡老太婆的人，也是這個人。

「……沒想到栞子小姐對第一次見面的人會說這麼多話。」

畢竟除了聊書之外，她的個性相當怕生。母親像突然想到什麼，噗哧一笑。

「雖然算不上口若懸河，不過我對她很有好感呢。因為她很努力想要親口向我解釋。一般人應該不想告訴男朋友的母親，自己的母親離家出走這種事情吧。」

我深有同感的重重點頭。這麼說來，她們都與親生母親關係不睦，而且兩人也都像極了自己的母親。

「話說回來，篠川小姐真的很喜歡你呢。」

母親握著啤酒與烤雞肉串，笑著調侃我。

「咦？」

「咦什麼咦。總之她對你稱讚個沒完；一提到你，眼睛都發亮了。她說，大輔溫柔又可靠，直覺敏銳卻不會刻意賣弄，腦袋也轉得快，長相和舉止也無可挑剔……我大概問了她十次，妳說的人真的是我家那個傻大個兒嗎？」

「妳說的傻大個兒是妳兒子吧，居然還問了十次……」

先不計較傻大個兒這個形容，換成是我，八成也會確認個兩、三次吧。很難想像她說的人是我。

「她說，一開始原本只打算和你維持店長與兼職人員的關係，沒想到心裡漸漸地有了你，有時一起工作甚至會心跳加速到無法好好做事。你向她表白那一夜，她太開心了，甚至無法看書……欸？冷靜想想，這好像也沒什麼了不起吧？」

「很了不起，以那個人來說的話。」

原來她對我的想法是這樣。我雖然也聽得心跳加速，不過還是希望這些話能從她本人口中聽到，而不是透過這個在家喝酒的老媽子滿是酒精味的嘴中說出來。

「不過，既然都已經聊了這麼多，也算是打過招呼了吧？」

我還沒有正式拜訪——栞子小姐這麼說是什麼意思呢？應該也沒有其他話好說了啊。

「或許她認為結婚前的正式拜訪跟閒聊是兩回事吧。如果對方這麼想，我當然很高興。不過嫁給你實在浪費，她認真又漂亮，身材又好，胸部又大。」

「我又不是看胸部挑女友！」

我不想跟母親討論這種話題。母親打開第三罐啤酒時突然像是酒醒了，表情變得嚴肅。

「我說你啊，你打算結婚後就搬出去嗎？」

我心中也隱約有這個念頭。與其說是念頭，不如說覺得有些寂寞吧。

「我不知道……不過我想繼續在文現里亞幫忙，所以打算住在那邊。那邊的主屋很寬敞。」

「嗯。」

母親仰頭喝啤酒，一邊仰望特別高的廚房天花板。這棟房子從曾祖父那一輩開始就不斷擴建，所以格局很奇怪。每個房間的天花板高度也不同。

「你結婚之後打算搬出去的話，我想賣掉這房子。反正這房子現在已經在你和我的名下了。」

我知道。已經另組家庭的伯母她們認為最後照顧外婆的是我和母親，因此放棄財產繼承權，把房子讓給了我們。

「妳不是說要改建？更重要的是，賣掉這裡的話，妳要住在哪裡？」

「我說要改建是因為我以為你暫時還會住在這裡。我對於這棟房子和日式簡餐店都沒有留戀。我打算在公司附近的大樓租一戶……啊，或是買一間便宜的舊公寓也不錯。賣掉這裡的錢分給你之後，剩下的應該夠支付頭期款。住在走路就可以到公司的地方是我的夢想呢。」

「可是……這房子是大家出生、長大的地方吧？這裡的日式簡餐店也頗有歷史啊。」

「日式簡餐店已經不在了，不是嗎？在這裡出生、長大的人也已經離開，留下這個房子也沒有意義吧。」

打算離開這個房子的我，根本沒資格說這些話；母親也有自己的人生要過。其實我很清楚自己為什麼放不下。

「外婆在另一個世界會不會生氣呢？」

「她哪有可能生氣。我問外婆本人要怎麼處理她的書時，她也說了財產隨便我們處置。」

「原來如此……」

畢竟外婆的口頭禪就是「無論任何東西都無法帶去另一個世界」。她對於有形的東西似乎不太執著。

「重要的不是房子或歷史，而是活著的人。你外婆那個人啊，一定也會優先考慮我們的幸福或夢想的。」

你會和什麼樣的人結婚呢？——外婆的聲音又回到我耳邊。在她過世前不久，我去看她那天，外婆問了我這個問題。我當時回答「結婚還早得很吧」，至今也才過了三年。事實上我還不知道自己什麼時候會結婚，不過我相信外婆後來說的沒錯。

「或許可以跟喜歡書的女孩結婚呢！」

7

隔天的天氣也好到人神共憤。

我在一如往常的上班時間抵達文現里亞古書堂，不過今天不必開店。我把輕型機車停在建築物後側主屋的停車場裡。拔下車鑰匙，把安全帽放進座墊底下時，主屋的門正好突然打開。出來一位穿著卡其色樸素洋裝的嬌小女士。在我開口之前，她站好朝我深深鞠躬。

「久疏問候……前些日子感謝你撥空。」

久我山鶴代以摻雜緊張與疲憊的聲音說。她指的大概是之前向我道歉的事吧。她及肩的長髮夾雜著之前沒有的白頭髮；原本宛如少女般豐腴的臉頰也瘦了不少，看起來好像突然老了十歲。

「你的身體後來怎麼樣了？」

她對於年紀差不多可以當她兒子的我說話這般低聲下氣，我都覺得心疼了。都怪她母親及女兒的行為，使得她在我們面前抬不起頭來。

「傷勢已經痊癒。我也回到店裡工作了。」

我盡量以開朗的態度回應。雖說還沒有完全復原，不過我不希望造成她更多的負擔。

我們的對話就到這裡結束。她會出現在這裡，應該是有事找篠川家吧。我還猶豫著該不該發問時，對方彷彿下定決心，率先開口：

「我前一陣子去看了寬子……」

聽說久我山寬子被送進拘留所了。算算時間，判決也快出來了。她在六月那起事件中，雖然和我一起滾下石階，但只受了輕傷。

「寬子表示自己害得五浦先生受傷，真的十分抱歉……她寫了道歉信給你和栞子小姐。」

我因為這番突如其來的話而驚訝。在此之前她對我們連一句道歉都沒有。

「這樣啊……」

我不知道該說什麼。是最近這一個月，她的心境有稍微改變了吧；又或者只是希望藉此留給法官好印象。我無法判斷。

「抱歉耽誤你的時間。就此道別。」

久我山鶴代行禮後離去。她的女兒因為討厭栞子小姐，所以加入外婆的計畫。我對於她害我受傷一事不是很生氣，甚至可以說我很高興只有我一個人受傷。因為那種情況很有可能有更多人受傷。

不管怎麼說，既然寫信給我，我就讀吧。畢竟人是會改變的。我是無所謂，不過我希望她好好向栞子小姐道歉，也期待她們和解的日子到來。雖然我這樣想或許太天真了點。

我沒有按門鈴，直接打開玄關的門說了聲「早安」。玄關附近的和室裡傳來『請進』的回答。

栞子小姐在矮桌前等著我。桌上是昨天從書市帶回的大開本黑色復刻本，還有一本比它略小的綠色書。綠色書的書封似乎是布質的。

「謝謝你特地來一趟。」

栞子小姐低頭道謝。我沒有看到她妹妹。文香提過要去補習班報名短期講座，大概已經出門了吧。

「我剛才在門口遇見鶴代女士了。」

我在她的身旁坐下，一邊說。

「我有關於這本書的事情想要請教她，所以特地請她過來一趟。」

她這麼說，聲音比平常沙啞；有些浮腫的眼皮底下的眼睛潛藏著詭異的光芒。她或許沒怎麼睡。我期待的同時，心裡也隱約掠過一陣不安。

「有什麼收穫嗎？」

栞子小姐點頭。

「情況有些複雜……待我依序說明。」

她慢條斯理地湊近兩本書，打開綠色那本。大概是很長一段時間沒有拿出來透氣吧，那本書散發出一股潮濕的黴味。跟我昨天翻開的黑色書封復刻本不同，這本的留白處和一般書一樣是白色的，也看得見環繞正文的方框。

「這本是The Norton Facsimile，在此之前發行過兩次，這本是比較舊的版本。」

也就是說桌上的兩冊都是第一對開本的復刻本。

「栞子小姐，妳連這種外文舊書都有啊。」

我感到佩服。這個人的房間我當然也進去過幾次，不過印象中都是日文書。沒想到她皺起臉來，說：

「不是……這是家母留下的藏書，所以我幾乎沒有拿起來看過……」

幾乎——真有這個人的風格；即使是她多年無法原諒的母親的藏書，仍然至少拿起來看過一次。

「久我山尚大是把這個The Norton Facsimile……翻拍後重製？再經過許多加工，做成這本黑色復刻本嗎？」

水城英子這樣說過，她說久我山尚大是這樣告訴她的。但是栞子小姐搖頭。

「……情況似乎不是這樣。」

「那麼，是從其他書複製而來的嗎？」

「是的。外婆本人也提過，她對第一對開本不是很清楚，所以才沒有注意到吧。關於這一點，我接下來也會說明。」

栞子小姐翻開的是The Norton Facsimile後半的書頁。那一頁是《羅密歐與茱麗葉》的最後一頁，頁碼是七十九頁，但是在這個跨頁左側的前一頁卻是七十六頁，少了七十七頁、七十八頁。

「頁碼跑掉了。」

「恐怕是因為《特洛伊羅斯與克瑞西達》更動位置的關係，所以頁數的計算有誤。這本書裡經常出現這種錯誤，不過這才是原本的排序……接下來收錄的戲劇是《雅典的泰門》。」

她翻開下一頁，標題寫著「THE LIFE OF TYMON OF ATHENS.」，開頭的頁碼是八十頁。

「《特洛伊羅斯與克瑞西達》的位置果然和黑色這本不同。」

「是的……不過問題不在那裡。」

栞子小姐伸出一隻手翻開黑色書的書頁，打開《羅密歐與茱麗葉》的最後一頁。兩冊的這一頁同樣印著「FINIS」的字樣與家徽，似乎完全相同。

「請仔細看。」

說完，她同時翻開兩冊的下一頁。The Norton Facsimile這本是《雅典的泰門》的第一頁，黑色這本是《特洛伊羅斯與克瑞西達》的第一頁。兩本都沒有什麼奇怪的——

「……啊！」

我終於也發現了。假如有人在重新裝幀時，把整篇《特洛伊羅斯與克瑞西達》移動到這裡的話，這種時候應該會連同背面那一頁，也就是前一頁的內容一併挪過來，不可能像現在這樣，與

《羅密歐與茱麗葉》的最後一頁無縫接合。

「也就是說，《羅密歐與茱麗葉》的最後一頁有兩種。一種是背面印著《雅典的泰門》第一頁的原始版，另一種則是印著《特洛伊羅斯與克瑞西達》的版本。」

她這樣說，同時將手指一根根的豎起。我揉了揉眉間，拚命地整理思緒。

「咦？可是，等一下。這本黑色書是一頁頁拍下照片複製而成的吧？就算《羅密歐與茱麗葉》的最後一頁不可能有兩種版本，只要更換書頁順序不就好了嗎……」

「不對，事實上這兩本書裡收錄的書頁也不同……請看這裡。」

栞子小姐把兩本書都翻回《羅密歐與茱麗葉》的最後一頁，分別指著兩本書的角落。The Norton Facsimile這本是七十九頁，黑色那本是七十七頁。我也理解了。

「原來如此……頁碼也不同。」

「真相恐怕是，《特洛伊羅斯與克瑞西達》一開始是與《羅密歐與茱麗葉》的最後一頁一起印刷的。」

「啊，原來不是一頁頁按照順序印刷啊。」

我忍不住插嘴。我雖然不曾看過以前的印刷機器，不過栞子小姐昨天說過是一張張印上墨水來印刷的。

「對開本是把對折成兩半的紙，每三全張疊在一起，也就是六張十二頁，稱為『台』。印刷是以一台為基本單位，一台台往下印，這個階段的工序非常複雜。如果印刷錯誤，要只替換出錯的那一頁也很不容易。在這個前提下……」

我保持沉默地點點頭。突然出現專業術語，我不是很懂，只記住了她最後那句話。

「但是，《特洛伊羅斯與克瑞西達》最後被安排為悲劇的第一篇，至少開頭第一頁在《羅密歐與茱麗葉》最後一頁背面的這些頁數必須重印。《羅密歐與茱麗葉》最後一頁所在的位置則為了配合頁數，印上了原本不需要的序章。

但是就如我之前所說的，那個時代的書頁即使印錯也不會丟掉，仍會拿來使用。這一頁也不例外。所以有一部分的對開本中用了舊版的書頁——我這樣說應該比較好懂吧？對這一點感到疑惑的持有人，認為是裝幀時戲劇的順序放錯了。畢竟只看頁碼的話，會這樣想也是合理的。」

「欸……那麼，這本黑色書的《羅密歐與茱麗葉》最後一頁不是會重複嗎？」

既然有舊版書頁被直接拿來使用，表示也有重新印刷過的版本吧。栞子小姐點頭。

「沒錯……你看這裡。」

她翻開黑色那本的《特洛伊羅斯與克瑞西達》後面幾頁，翻到印著「FINIS」的最後一頁，跨頁的右邊那一頁什麼也沒印，左邊卻突然出現《羅密歐與茱麗葉》的最後一頁，背面則是《雅典的泰門》。這排列順序還真奇妙。

「本來在使用舊版書頁的情況下，會在重複的頁面打上×做記號，但是這本黑色書卻沒有。」

「為什麼沒有？」

「我不清楚……也許是忘了畫×，也可能是在某個階段消失了……我想，正因為如此，持有人才會更動書頁的排序。《特洛伊羅斯與克瑞西達》原本甚至沒有列在目錄裡，持有人也不曉得它正確的位置；他一定以為自己擁有的是裝訂錯誤的版本，認為《特洛伊羅斯與克瑞西達》被擺錯位置了吧。」

「可是只要和其他的第一對開本比較，不就可以……」

我緘口。畢竟這是只發行大約七百五十本的書，或許沒有機會跟其他本比較，也難怪會有這種誤解。

話雖如此，眼前這位女子就連幾百年前的印刷狀況以及持有人的行動都能夠推測出來，果然不是普通人。

「呃……所以這本黑色書封的書，到底是哪本書的復刻本呢？」

我記得水城英子說過是The Norton Facsimile的復刻本。但根據栞子小姐的說法，似乎並非如此。結果她的膝蓋突然碰上我的膝蓋，抬眼靠近我。我的視線緊緊跟著她。

「事實是我不知道。」

她彷彿在說什麼祕密似的，小聲對我說。

「不知道？」

「是的。複製自The Norton Facsimile應該是久我山尚大先生的謊言吧……從墨水的擦痕等也可以清楚看出不同。使用了被淘汰的書頁，表示這本復刻本的原版是非常特殊的第一對開本。而且尺寸也是重點。」

「……尺寸？」

我重複她的話。我很努力專注在談話上，她卻不斷逼近。

「我說過以前的外文書可以按照持有人的喜好裝幀吧？天地及切口也會在每次更換持有人的時候被切齊，所以第一對開本的書頁大小不一……這一點也成為鑑定時的線索。現存的對開本之中，最大本與最小本相比，縱長、橫寬的尺寸各有四公分到五公分左右的差距。」

「差這麼多嗎？」

我也很自然跟著小聲說話。她的眼鏡就在我鼻尖前。

「雖然不清楚這本黑色書的書頁是否為原始尺寸，不過就我測量，縱長是三十五公分，橫寬為二十二．五公分，相較於現存最大的對開本又大上了幾公釐……過去沒有這種第一對開本。因為大本可以切小，可是小本無法變大。」

她睜大的眼瞳隱約帶著點藍色，眼底深處的不安定光芒變得更加強烈；與她昨天在咖啡廳裡流露出的表情一模一樣。

我突然懂了。那個時候她注意到的就是這件事；不只是戲劇的順序被調換了，還使用了不同的書頁——也就是說，這本黑色書複製的不是The Norton Facsimile，而是其他對開本。大概是因為我提到頁碼的連貫性。

我感覺到與當時相同的寒意。讓她發現這件事或許是我的一大失誤。話雖如此，事到如今也無法挽回了。

「過去沒有……每一冊第一對開本有什麼特徵，不是都有詳細資料嗎？」

現存已知的兩百幾十冊第一對開本的特徵與擁有者資訊都可以查到——我記得她這麼說過。

「是的……不過——」

栞子小姐的唇邊露出微笑，這個表情不曉得為什麼讓我想起她的母親。

「如果是尚未為世人所知……未被確認過的第一對開本，可就另當別論了。而這本書就是那本對開本的復刻本。」

8

「久我山尚大曾經持有那種第一對開本嗎？」

「我是這麼認為……日本國內目前有十五冊第一對開本，購入的時期大多是一九七〇年代到八〇年代中期。當時日本經濟處於高峰期，有能力購買歐美珍本書的顧客也愈來愈多，國外舊書店到日本拓展市場的情況也很常見。」

栞子小姐流利地說下去。我稍微拉遠身子，盡量保持冷靜，側耳傾聽。

「久我山尚大也是從國外的舊書店買來的嗎？」

「我不確定，不過……假如他是透過國外專賣店購入的話，應該會有些傳聞才是。久我山書房在外文書這一塊有自己的採購管道，所以或許是透過那個管道祕密取得尚未被發現的第一對開本。」

栞子小姐的手指依戀地撫摸著黑色皮革書封。從剛才開始她就一直重複著這個動作。

「事實上我剛剛也向鶴代阿姨請教了這件事。」

我想起在主屋玄關遇見的女士。知道當時的情況並願意告訴我們的久我山尚大親屬，除了她再沒有別人了。

「她聽說在尚大先生過世的前一年……一九七六年，也就是三十五年前了，尚大先生曾經從國外購買昂貴的珍本書。當時尚大先生甚至賣掉輕井澤的大型別墅來籌措資金……」

「就是第一對開本嗎？」

需要花上一棟房子的價值完全合理，不如說很便宜。

「尚大先生從來不對鶴代阿姨提工作上的事，所以她也不清楚細節……不過她記得賣掉別墅不久之後，就有大開本的書送到久我山家。包括這本黑色的，還有三冊顏色不同、外觀卻相同的書，共有四冊。」

「顏色不同……該不會是滝野先生說的？」

滝野曾經聽失蹤前的篠川智惠子提起關於這本黑色書的事──同樣的書一共有三冊，顏色都不同，分別是紅色、藍色與白色。

栞子小姐的笑意擴大。我的胸口再度騷動起來。

「大輔當時這麼說過吧，你說：『把這本也算進去的話，全部就有四冊了吧？』我也是這麼想……但是有一冊是真品的話，算起來的確是四冊。真品經過一番重新裝幀之後，又做了三冊類似的復刻本……動機真令人好奇。」

她的眼睛清楚說著──總之我想親眼看看。她的樣子令我擔心。世界級珍本書之謎就在眼前，出現這種反應也是理所當然，但我認為她對舊書的態度比平常更積極。

「為什麼要做類似的復刻本呢？」

「如果只是為了紀念未免太多此一舉，我認為應該是有其他目的。更詭異的是，書做好不久之後……尚大先生過世之前，他就把紅色、白色與藍色這三冊賣給了國外的業者。聽說鶴代阿姨當時曾經代替身體已經不行的尚大先生寄書。」

「呃……」

我驚訝得說不出話來。四冊當中有一冊是第一對開本的真品，而這本黑色書封的是復刻本，那麼——

「剩下的三冊當中有一本是真品吧？甚至不惜賣掉別墅也要買下的書，為什麼又那麼乾脆的賣掉了呢？」

「沒錯，一般人很難想像……而且還有一點，家母也從鶴代阿姨那兒聽說那三冊被賣到國外去了。家母開始在文現里亞古書堂工作時，就和鶴代阿姨關係很好……」

我也聽篠川智惠子本人說過與鶴代從以前感情就很好，她還說鶴代是「那個家裡最正經的人」。久我山鶴代是否知道智惠子是她有血緣關係的妹妹呢？

「大約十年前，她們曾在這間和室裡一起喝茶，不知不覺聊到家人的回憶，家母若無其事地從阿姨口中得知她曾經在尚大先生過世前不久幫忙寄書，也請阿姨查日記確認過。就是家母離家失蹤的前幾天。」

也就是與水城英子委託她修補黑色書是同一個時期。怎麼想都不覺得是巧合。篠川智惠子是故意引久我山鶴代把事情說出來的吧。

「呃，那……」

我的腦子總算把一切連在一起了。受託修補黑色書的篠川智惠子，是不是得到了與栞子小姐相同的結論呢？用來比較的The Norton Facsimile也是她的藏書。她知道久我山尚大買下了尚未被世人知道的第一對開本之後，連同復刻本一起賣到國外去的話——

「妳的母親是不是為了追那本書而失蹤的呢？」

「應該是吧。」

栞子小姐坦率地點頭。我覺得有些不對勁。得知母親十年前失蹤的真相，這個人卻莫名淡定。

「話說回來，要是尚大先生過世之前真的把第一對開本賣到國外去了，消息卻沒有傳開也很奇怪……根據這本復刻本來看，真品的狀態應該相當好。變成國際新聞也不奇怪。」

比起母親的事，她似乎更關心第一對開本之謎。我正要開口，突然想起吉原喜市委託我們代為傳話的內容。

（剩下的全部都在我這裡。）

也就是說剩下的三冊——紅色、藍色與白色的書全都在他手上嗎？

「會不會是那個老頭偷偷得手之後一直藏著呢？他昨天不也這說了？」

「我也是那麼想，不過……這樣解釋也很奇怪，比起特地賣給家母個人，拿去蘇富比等有實際成績的拍賣行拍賣，應該可以獲得更多利益。再加上尚大先生為什麼要放開已經得到的珍品呢？這本書還藏著許多謎團……」

『我回來了……』

我們聽到玄關門打開的聲響，篠川文香的聲音跟著傳進和室。看來她從補習班回來了。但我們卻沒聽到接下來的腳步聲與關門聲。我和栞子小姐不解偏著頭。這麼說來，她的聲音也少了平常的活力。

栞子小姐先一步拄著拐杖起身。我也跟著來到走廊上。篠川文香背對著夏日陽光，仍舊站在門檻外側。

「妳回來啦，小文……怎麼了？」

栞子小姐開口。她的妹妹垂著八字眉，一臉困擾，不悅地緊抿嘴唇——此時從她背後的陽光裡出現一位身穿白西裝的小個子老頭，大大方方地穿過玄關門走進來。大概是在玄關前偶然碰上了從補習班回來的文香。

「午安，昨天承蒙關照了。」

吉原喜市拿下帽子，親切地打招呼。

「我有事想找你們談談……方便打擾嗎？」

第三章

覺悟就是一切

1

踏入篠川家和室的吉原喜市，目光停留在矮桌上的兩本復刻本。

「哎呀，我正好要談這個復刻本的事情，時機真是剛好。」

他突然走向紙拉門猛力拉開，簷廊與垃圾口另一側的戶外景色映入眼簾。剛才沒注意到，一輛車頭很醒目的大型進口車就停在屋後的馬路上。吉原一舉手示意，整齊穿戴著帽子與手套的司機便現身，從副駕駛座拿出一個很大的包袱。

「請等一下，我有個東西希望各位務必瞧一瞧。」

我們三人愕然站在和室裡。仔細想想，篠川姊妹又沒有請他進來。我以眼神詢問該怎麼辦，栞子小姐動了動下顎——表示總之我們先觀察情況吧。她的妹妹不曉得為什麼也在她旁邊交抱雙臂，重重點頭，似乎如先前主張的打算不再偷聽，改為正大光明地待在這裡聽。

「對了，請容我先道謝。謝謝妳。」

吉原朝栞子小姐深深鞠躬。我懷疑自己聽錯了。這位老人昨天才剛被栞子小姐搶得先機，照理說應該是生氣，怎麼會是感謝呢？

「您是什麼意思？」

她也感到不解。吉原露出顯然是假牙的牙齒，笑容滿面地大大展開雙手。

「哎呀哎呀，妳就坦然接受道謝也沒關係啊。我沒有什麼企圖。妳昨天後來不是聯絡智惠子女士了嗎？她打電話給我了……對於我找她商量的事情，也給我回覆了。」

「咦……」

我與栞子小姐面面相覷，對於他所說的當然沒有半點頭緒。

「看在妳幫我這個忙的份上，就按照昨天說好的，不跟妳收《晚年》剩下的四百萬了。晚一點我會給妳收據。」

栞子小姐正欲開口，抱著包袱的司機已經先一步進了和室。看樣子四百萬的債款已經一筆勾銷──我覺得很納悶，完全不清楚發生什麼事。

「放在那邊，小心點兒。」

吉原愉快地指著矮桌。司機把黑色復刻本推到一旁，放下包袱。那包東西看來很重。他朝我們行禮之後離開房間。

「請問這是……」

「先看看我帶來的東西吧。接下來我再仔細說明。」

吉原打斷栞子小姐的問題，坐到矮桌前。我們沒得選擇，只好也在他的面前坐下。吉原慢條斯理地解開包袱的結，將包巾攤開，出現三冊疊在一起的大開本書。為了方便我們觀看，他把三冊書一本靠著一本平放在桌上。

（這是……）

紅色、藍色與白色的皮革書封。與我們剛才討論的黑色復刻本顏色不同，書背與角落沒有修補的痕跡，不過每一本書都明顯有著其他人用過的痕跡。

「這是我這三十幾年往來世界各地收集到的東西……事實上這當中的一冊，或許就是世人不知的第一對開本真品。」

他用像在演戲的語氣宣佈，同時觀察著我們——特別是栞子小姐的反應。

「……沒想到沒有人感到驚訝。」

他不解地偏著頭。或許是因為我們剛才正在討論，不過突然聽到他這麼說，我也沒有什麼真實感。

「第一對開本是什麼？」

交抱雙臂的篠川文香直接了當問出最基本的問題。

「這位小姐居然從這麼基本的問題開始問起嗎……我甘拜下風啊。」

老頭垂下光溜溜的腦袋嘆息。栞子小姐小聲對妹妹說：「我晚一點再解釋給妳聽。」接著再次轉向正面，面對吉原。

「我聽說這些是久我山尚大先生在一九七六年購買、隨後又賣掉的書。雖然我不清楚這消息是不是真的。」

「哎呀，智惠子女士跟妳說了那麼多嗎？」

「不是她。」

栞子小姐否認之後，旋即緘默不語。吉原一瞬間睜大雙眼。我也明白這段對話代表的意義。這是策略——就像魔術師不會做全盤說明就開始變魔術一樣，都是為了主控全場——正如同栞子小姐昨天所說，吉原不給我們思考的空間就把書帶來，掌握了對話的主導權。而栞子小姐稍微洩漏我方的情報，想要與之對抗。雙方就像在秀出彼此手上的牌。

既然如此，我也不能像被迫買下太宰的《晚年》時一樣胡言亂語。吉原應該也在觀察我的反應。

「他當時是透過什麼管道購買的呢？」

「透過我父親。」

吉原明白說。

「也可以說是奇蹟吧，原本經營舞砂道具店的家父，往來世界各地採購古董。在景氣好的時代，他一股腦兒地收購出色的物品。家父經由自己的古董店賣掉大多數的商品，只有他不擅長的外文舊書是賣給久我山書房。

那冊第一對開本是裝在某個他收購來的舊櫃子裡，就這麼收在上了鎖的抽屜裡被遺忘多時。尚大先生欣喜若狂，但也不希望被人知道他手上有這麼一本書，因此給了我父親一大筆錢，順便當作封口費。以現在的行情來看的話，這筆交易太便宜尚大先生了。」

我們也默不作聲聽著。到這裡都與賣掉別墅換錢買書的內容相符。

「尚大先生將得手的對開本，重新換成自己喜歡的裝幀。不是為了閱讀，只是為了裝飾；就像將打獵得到的獵物做成標本裝飾。原本的老舊裝幀也有價值，但是他不是會在意那種事的人。」

吉原苦笑。栞子小姐問：

「為什麼要特地製作復刻本呢？」

「考慮到脫手的情況吧。雖然他買下第一對開本是為了個人收藏，不過也可能有什麼萬一，所以他計畫往後就算賣出了原始版，還有復刻本可以當紀念。

我聽說他特別訂做了三冊復刻本。首先是黑色書封的版本，這本是自用。接著我不清楚是哪個顏色，總之一冊是留給真理夫人；最後一冊準備送給英子，大概是對於以前給她帶來困擾致歉吧。」

也就是說，黑色那本原本是久我山尚大的東西。吉原彷彿在說一段佳話，但是送給妻子與前任情婦同樣的東西，這種想法實在不可取。

「然後他製作復刻本還有一個原因……為了用來測試。」

「……測試？」

栞子小姐訝異地複誦。

「尚大先生想把真品送給智惠子女士。我之前也提過，他打算讓她成為繼承人，不只是第一對開本，還有自己的店與其他藏書也準備由她繼承。但是尚大先生似乎認為必須先測試她是否有資格……於是擺出藍色、白色與紅色這三冊，命令她分辨哪一冊是真品；問題是他要求不准翻開書，只能憑外觀，而且也沒有透露書名。順便說一聲，尚大先生也沒有告訴我哪一本是真品。」

「只憑外觀……」

我忍不住喃喃說道。三冊的狀態雖然各有不同，但是裝幀本身除了書封顏色之外，看起來沒有哪裡不同。平滑的切口與天地都貼著金箔。

「為什麼不准看內頁呢？」

「因為那樣就太簡單了吧。紙質、墨水、印刷機器……十七世紀的書與現代的書有許多不同之處，要分辨很容易。」

話雖如此，連書名也不透露，叫人光憑外觀判斷，未免也太亂來了。於是吉原彷彿看穿我的心思，又補充說：

「智惠子女士很肯定地說自己分得出來呢。」

原本凝視三冊書的栞子小姐眼裡有著些許動搖。她一定是在想——如果是我，分得出來嗎？

「……這個測試是模仿《威尼斯商人》的選箱子嗎？」

她抬起臉這麼說。也就是從金、銀、鉛這三個箱子裡選出正確箱子的男人，才能夠和千金小姐波西亞結婚的橋段。要說相似也的確頗為相似。

「是的。尚大先生想出這個點子原本是自以為俏皮。不過他對於內容記得不太清楚了，所以事情的發展相差甚遠……雖然我曾經勸他最好別模仿《威尼斯商人》。那也是個父親遭到女兒的背叛故事呀。」

宛如踩到小樹枝一樣，我隱約覺得有哪裡令人在意。他用了「也」，表示還有其他故事也有類似情節嗎？吉原稍微咳了咳，繼續說：

「總之，智惠子女士拒絕了那次測試。她說那樣做『我就不是我了』。總歸一句話就是她不想繼承久我山書房。」

吉原露出不滿的表情。我不是我——篠川智惠子也曾對自己的母親說過這句話。引用自莎士比亞。

「尚大先生當然因此盛怒，他沒料到會被拒絕。意氣風發準備的測試完全白費功夫，這比什麼都無法原諒吧。他對女兒的感情徹底轉為怨恨……所以安排了陰險的陷阱。」

吉原老頭的視線依序看過我們的臉。不管願不願意，我們都被他的話給吸引。

「他透過我父親把那三冊賣給國外的古董店。巴西、台灣、澳洲……每一冊分別賣去不同的地方。與其說他是選擇了不懂舊書價值的對象賣書，更不如說他是把書送給他們。先這樣安排之後，再強迫英子女士收下自己持有的黑色書封復刻本……尚大先生的企圖是什麼，各位知道嗎？」

「想要讓家母看到外婆手邊那冊復刻本。」

栞子小姐立刻回答。

「這樣一來，家母就會注意到那是尚未曝光過的第一對開本復刻本，而且用來測試的三冊當中有一本是真品……身為舊書迷的家母絕對不會錯過。一旦得知那本書流往國外，她理所當然會往來世界各地尋找真品。」

我的腳下感覺到一股寒意盤據。一切都是久我山尚大的詭計嗎？——這對於篠川智惠子來說，真是最惡劣的陷阱。

「從尚大先生的角度來說，他打算在另一個世界欣賞智惠子女士猶如餓犬般四處奔波的模樣。但他卻錯估了一點，他沒料到智惠子女士會與英子女士交惡並離家，直到十年前才注意到黑色書封復刻本的含意。花了二十五年才得以報仇的結果，就是連妳也被捲了進來。我個人也深感遺憾。」

吉原誇張地搖頭。即使遺憾是他的真心話，他的遺憾也八成是來自其他原因。這位老先生應該也在找尋第一對開本，所以看到篠川智惠子這樣的強敵出現，不可能高興。

「這當中真的有第一對開本嗎？」

栞子小姐冷冷問。吉原稍微蹙眉。

「什麼意思？」

「在此之前全世界沒有任何人知道——光是這一點就十分令人存疑。就算收購的國外業者不具備舊書相關知識，只要看看內容就知道這是歷史悠久的東西，這種時候應該會找專家鑑定吧？」

的確，只要仔細看扉頁，這是一六二三年發行的莎士比亞書籍這點簡直是一目瞭然。即使像我這樣的門外漢，也會認為這或許是價值連城的舊書。

「而且我不明白您想要私下將得手的第一對開本賣給家母的理由。拿去蘇富比等處拍賣的話，獲利應該更大才是。」

吉原一邊點頭一邊專注傾聽，未顯半點動搖。

「妳的懷疑很合理，當然我也不能說沒有這種可能性，但我這樣做是有原因的。請翻開那邊的三冊試試。」

栞子小姐照他所言翻開白色那一冊——卻突然雙眼大睜。她又對旁邊的紅色書伸出手，用拇指的指腹頻頻撫摸切口。

「怎麼了？」

我小聲問。

「書，打不開……」

「欸？」

我打開離我最近的藍色書封，才在想「什麼嘛，可以打開啊」，下一秒——

「啊！」

我與栞子小姐同時叫出來。翻開的書頁是有莎士比亞肖像畫扉頁——的殘骸。

大大印刷的書名與四周被塗黑的留白變得斑駁。相反地，書頁中央的肖像畫上緊貼著印有文字的薄紙，似乎是從隔壁一頁剝下的。因為原本黏在一起的兩頁被硬是扯開才會變成這樣。

「這三冊的每一本、每一頁在靠近書背處，都用強力膠黏合；恐怕在切口及天地也都抹上厚厚的黏膠黏住了。硬是打開的話，就會變成這樣。這一定是尚大先生一個人幹的。如果我當時察覺，就會阻止他了，可惜……」

我凝視那三冊書。吉原從剛才就一句不提哪一本是真品，我終於明白原因了——因為吉原也不知道。這樣看來應該沒有任何人知道，除了很久以前說過她知道答案的篠川智惠子。

話說回來，在書頁上膠這種事情，光是想像就令人昏厥。聽說第一對開本一冊就超過九百頁。與其說這個人太執著，不如說他的怨念太強。

「請等一下，難道連第一對開本的真品也上了膠嗎？」

栞子小姐突然發出拔尖的聲音，失去血色的雙唇顫抖。

「這是由一個人的手裡傳給另一個人、流傳了四百年的書，持有人有責任以良好的狀態交給下一代！上膠黏住的話，會造成書多大的損傷啊……」

吉原誇張地聳聳肩。

「我也不願意相信，而且我也沒有親眼看到他上膠。不過我知道尚大先生是個不擇手段的人，尤其是為了報仇。」

破壞好不容易入手的珍貴舊書，並且以近乎免費的價格賣掉。就算女兒把書弄到手了，也無法翻開。他的腦子裡真的只有報仇。這個父親，不對，這個人已經徹底發狂了。

「即使三冊當中存在真品，消息卻沒有曝光，我想各位應該明白原因了——因為在旁人眼裡看來，這些只是徒具書本外型的裝飾品。事實上似乎也真的有人曾經把它當成與眾不同的裝飾品欣賞，才得以逃過被丟掉的命運。」

我認為這才是奇蹟。如果這些書被人私下丟掉的話，篠川智惠子將會永遠不斷找尋不存在的書。或許這也是報仇計畫的一環。

「我希望賣給智惠子女士也是基於同樣原因。以現在的狀態來說，沒有其他業者能夠看出這當中的哪一冊是第一對開本。如果能夠去除強力膠、恢復正常狀態，或許另當別論，不過只要過程中稍有閃失，書就會受損；即使成功分開書頁，也得耗費龐大的時間，我恐怕沒有命等到那個時候。」

他的話聽來像在開玩笑，卻也有很實在的考量。我覺得他的說法姑且算是合理，畢竟不管是什麼國際級的珍本書，在這種狀態下也沒辦法評估。

「但是我打算賣給智惠子女士，是因為還有一件事情我無論如何都想知道，也是我多年來的疑問……她真的可以不看內容就分辨出這三冊的真偽嗎？」

老先生豎起食指說。栞子小姐開口：

「您是想要代替三十五年前的尚大先生測試家母嗎？」

「沒有那麼誇張，這只是一種好奇。因為尚大先生的費心安排，包含黑色書在內，這四冊的重量、大小全都相同，而且封面與封底都使用了X光無法通過的材質，也沒辦法以科學方式檢查內容。所以智惠子女士究竟是根據什麼判斷呢……栞子小姐知道嗎？」

栞子小姐沒有回答。或許是不想把答案透露給吉原——又或者她也不知情。

「我已經通知智惠子女士，我打算把這三冊拿去參加戶塚舊書會館下次舉辦的書市競標。」

「咦……」

栞子小姐雙眼圓睜。書市競標是以拍賣會形式舉行的舊書交換會。我也去參觀過一次。參加業者有十幾人，規模比置放投標小，在每週五舉行，因此下次競標是在三天後。

該活動拍賣的舊書形形色色，不過打不開的外文書，而且是莎士比亞的第一對開本，這毫無疑問是前所未有的情況，說是異常現象也不為過。

「我想會出聲的應該只有家母……為什麼要拿去書市競標呢？」

出聲的意思就是競標，指的是買家喊出金額、表達購買意願。

「是我主動提議在公開場合交易，彼此也比較安心。當然起標的最低價格是由我決定……我會一冊冊分開競標，智惠子女士就會買下她認為是真品的那一冊。」

吉原突然擺出今日最燦爛的笑容。

「我也希望其他同業看看那位女士是否真能夠不看內容就分辨出真品。啊啊，好期待呢。當然也請你們兩位務必參加。」

也就是說，與其說是競標，更像是公開鑑定；失敗的話就會遭人譏諷，就像在舞台上說錯台詞的演員一樣。在公開場合交易只是藉口，結果他只是想看篠川智惠子出糗吧。

「……家母沒有參加資格。她已經離家出走，所以不是敝店的人。」

「聽說她有以郵購書店的身份加盟關西的舊書商會。」

有資格參加書市競標的只有舊書商會的加盟店。但也有規定一旦加盟任何一處的舊書商會，就可以參加國內各書市競標的買賣。我不知道篠川智惠子有自己的書店，不過仔細想想，她也在日本買賣舊書，擁有自己的書店沒什麼不可思議的。

「所以您今日是為了什麼事情來訪呢？」

這麼說來，吉原還沒有談到正事，只解釋了那三冊三色書的來龍去脈而已。

「我現在正要提。」

吉原啪地一拍雙手。我準備好聽聽他接下來要說的話。

「栞子小姐要不要也以買家身份，參加這次的書市競標呢？」

「……怎麼可能！」

我反射性的開口拒絕。我不希望她捲入吉原喜市與篠川智惠子這兩個妖怪等級人物的戰爭。

「我可沒問五浦你。」

他冷著一張臉打斷我的發言。

「剛才栞子小姐也提過，會認真出聲喊價的人，恐怕只有智惠子女士了。這麼一來就少了競爭對手。站在我的立場來說，為了炒熱現場氣氛，我希望有人出面與她對抗。繼承智惠子女士才能的妳，就是無可挑剔的……」

「簡言之，您就是希望抬高得標價格吧，為了您的利益著想。」

「我不否認這一點。」

老頭輕鬆閃避問題，接著上半身往前，雙手在矮桌上交握，彷彿自己在聽人訴說煩惱。

「但是妳也有機會買到第一對開本。先不論損傷，書頁齊全的第一對開本很難出現在往後的書市；假使出現了，交易的價格也肯定是以億為單位。妳現在有機會以更便宜的價格買到手。」

他雖然說價格便宜，但應該還是天價，財務赤字的文現里亞古書堂沒有那種閒錢——在我開口叮嚀之前，吉原已經先發制人。

「因為你們沒錢，才更應該要參加。本來這類高價珍本書是顧客需要，才會請你們代為採購，但栞子小姐沒有那種客戶，所以妳必須自掏腰包投標了。」

「自掏腰包……？」

我喃喃說，吉原立刻回答：

「就是用自己私人的資金購買書市競標的舊書。這樣做當然有風險，不過如果是真品，過一段時間就可以轉賣，也能夠因此獲得莫大的收益。只要準備需要的資金即可。以這棟漂亮建築當作抵押品的話，應該可以準備個三、四千萬。」

他環視屋內估價。我太過驚愕，因此錯過了反駁他的機會。

「身為舊書店店長與愛書人，妳不想買下嗎？」

「……不。」

猶豫了幾秒鐘，栞子小姐搖頭。我也安心了。這個人是無與倫比的愛書人，但不是珍本書收藏家。文現里亞古書堂也沒有經手外文書，應該沒那麼輕易就被這種危險交易拐騙——

「難道妳不希望能有機會拿起真品、花時間仔細閱讀嗎？」

她無法回答。看眼神就知道她讀書的欲望被挑起了。一本祕藏著歷代持有人四百年故事的莎士比亞戲劇作品集，這個人不可能不想看。

「書市競標的時間是週五上午。希望妳這幾天好好考慮。」

吉原心滿意足地疊起三個顏色的書，以包巾包起。

2

離開篠川家是在下午最熱的時段。騎著輕型機車移動的過程還好，等待紅綠燈的時候可就痛苦了，不只是T恤背部與手臂，悶熱的安全帽內側汗水也流個不停。天空中雖然有雲，不過還不足以遮住陽光。

午餐是在篠川家享用了麵線。我們三人在午餐時針對吉原的提案進行討論，沒想到最熱衷也最贊成的人是篠川文香。

「如果能夠買到的話，不是能夠大賺一筆嗎？就算競價輸了，也只是被媽媽買去而已，我們又沒有什麼損失……啊，天麩羅還有很多，盡量吃。」

說完，她自己也咬了一口泡在沾麵醬裡的雞肉天麩羅。製作天麩羅當配菜的當然也是篠川文香。她還把麵線一口口捲好擺盤。

「可是，必須從三冊中分辨出真品，而且得標要花很多錢。我們說的不是幾百萬，而是幾千萬……搞不好還不夠。」

我一邊用筷子撕開大塊的炸什錦，一邊提出反對意見。再說，根本沒有人可以確切的保證那三冊裡一定有真品。

「如同那個老爺爺說的，一定要拿這棟房子去抵押才夠嗎？」

她也像剛才的吉原一樣環顧和室。

「就算買下真品可以賺大錢，我也不認為需要做到那種程度。」

「可是，有錢比較好啊。我們店裡的生意又好不到哪裡去……萬一有需要的時候拿不出錢的話……」

她以不似年紀最小的口吻，圈起食指和拇指比了一個錢的手勢。我以臼齒咀嚼著炸什錦的櫻花蝦。這個姑娘也是以她的方式在擔心文現里亞古書堂的未來，所以才不希望靠栞子小姐出大學的學費吧。

「總之我贊成。凡事都有風險。」

文香這麼說。我雖然也認為不無道理，不過問題是那風險有多大呢？假如無法買下真品的話——假如標到的東西只是復刻本的話，就會失去文現里亞古書堂了。

我們看著始終沉默的栞子小姐。以結果來說，風險大小端看這位店長能否只靠外觀成功分辨真偽。慢慢嚥下麵線的她，把沾麵醬的玻璃碗擺在矮桌上。

「……請讓我想一想。」

只說了這麼一句話。

我回到大船的家，鎖上面對步道的拉門。正在放年休的母親還沒有回來；她說過中午會在七里濱的咖哩店吃飯。我曾經提醒她，那兒一到盛夏，客人很多，最好打消念頭，不過她還是去了。

我把輕型機車停進已經歇業的昏暗日式簡餐店裡。即使沒有冷氣，這裡還是比室外涼爽許多。這家日式簡餐店位在電影的拍攝片廠旁邊；以前有片廠的工作人員捧場，所以總是很熱鬧。如今別說桌椅了，就連原本在廚房裡的廚具、冰箱也幾乎一樣不留，變成了普通的倉庫。

我進門第一件事就是先檢查廚房後側清洗餐具的區域。自從企圖搶奪太宰《晚年》的田中敏雄從後窗侵入以來，我養成每次回到家先檢查的習慣。當時被他拆下的鋁製格柵還沒有裝回去。屋裡的狀況與我出門之前一樣。我鬆了一口氣回到店內。

（田中那傢伙不曉得怎麼樣了？）

從他進監獄到現在都沒有聯絡，我也沒有主動聯絡他。我們雖然有血緣關係，但並不親近。

考慮到至今為止的往來，我認為對他絕對不能大意，但也希望他過得平安健康。

我突然想到篠川智惠子。她也是大意不得的對象，不過有時她又會採取迂迴的行動幫助栞子小姐。久我山真里想得到栞子小姐持有的《晚年》卻失敗的原因之一，就是篠川智惠子把田中扯進這件事裡。

這次莎士比亞的事情也是；無須支付剩下的四百萬給吉原，也是因為她主動聯絡對方，讓欠款一筆勾銷。她最近沒有出現在我們面前，不過我有預感，時候到了她就會現身，就在我們絲毫沒料想到的時候——

「這裡以前是一家很舒服的店。」

正要從日式簡餐店走上二樓的我不自覺停下腳步。穿著黑色襯衫與長裙，頭髮長及背部的女性就站在我的輕型機車旁邊。她仍舊與栞子小姐如出一轍，宛如她的影子。太陽眼鏡後的兩隻眼睛只能隱約看見。

「……妳是從哪裡進來的？」

為了平息自己的驚訝，我主動開口。沒有嚇一大跳發出慘叫只是因為我碰巧正在想這個人的事。

「那邊的門沒鎖。」

篠川智惠子指著正面的拉門。我檢查了窗戶是否上鎖，卻忘了鎖最重要的入口。

「妳這次來有什麼事？」

「我想找你談談。」

「妳去過栞子小姐她們那邊了嗎？」

「沒有。今天沒有事情要找她們。」

她的反應像是在說——為什麼要這麼問？她似乎不會想到應該先去看看女兒們。

「聽說妳打電話給吉原喜市了。」

「我認為時機差不多了。」

她的嘴邊露出淺笑，笑容真的與栞子小姐很相似。我對於自己差點一不小心解除戒心的反應感到困惑。

「妳為什麼要假裝是栞子小姐拜託妳的？」

「你以為是我讓他誤會我可能會幫助那個孩子……不是，是吉原先生的武斷造成的錯誤，是他擅自認為是栞子聯絡了我。」

她彷彿看穿我的心思，搶先一步回答。

「我沒有解開他的誤會，只是因為我也希望栞子參加書市競標。她不擅長這種高價又是外文書的交易吧。能夠籌到的資金太少的話，她根本就不會參加，再說如果不是因為需要錢，那孩子才不會涉險。」

她的口氣似乎知道栞子小姐想幫妹妹出學費，甚至清楚文現里亞古書堂的經營狀態。或許只是虛張聲勢，不過這個人如果真的知道的話也不奇怪。

「妳為什麼希望她參加？」

「當然是因為栞子有才能。」

「……才能？」

「從書上的線索讀取他人內在的才能。作者不用說，裝幀者、賣書者，以及擁有者的內在……漫不經心地經營那家店只會妨礙她的才能達到高峰。我認為這樣很不幸。」

從剛才開始，她對於我的提問全都是立刻回答，好像在唸事先準備好的腳本，令人焦慮不安。我暫且緘默。

「老實說我希望你消失。你是限制栞子欲望的枷鎖。我認為你的存在對於那個孩子來說是妨礙。」

她冷冷地否定了我的存在。這個人向栞子小姐提過好幾次，希望她跟自己一起走。栞子小姐也曾經因為我的呼喚而打消念頭，不過我沒想到篠川智惠子會如此直接了當地說「希望你消失」。

「可是，我稍微改觀了。因為栞子似乎真的很喜歡你。那個孩子的感情沒有那麼輕易改變。」

我感到一陣虛脫。拐彎抹角講了這麼多，重點就是承認我們的交往——

「啊啊，我不是在說我承認你們交往。」

我的想法又被她搶先一步說出來。事情沒有那麼簡單。

「我只是在說，這種事情不是我說了就算數。繼續像現在這樣下去的話，將來有天她本人會很痛苦。」

「……意思是她某天會突然發現『現在的我不是我』嗎？」

我引用自己一知半解的莎士比亞。她輕輕點頭。

「就是那樣。就算她的心接受你，總有一天也會離你而去。就和我一樣，跟隨自己的意志。」

「到時候我也會一起去。」

我以前也對栞子小姐這樣說過。篠川智惠子第一次沉默——是無聲的嘲笑。我是認真的，但是聽在這個人的耳裡似乎只覺得滑稽。我打心底湧上一股憤怒。

「妳說跟隨自己的意志，妳真的了解自己嗎？」

「什麼意思？」

「導致妳追著第一對開本到處跑的人是久我山尚大吧？不管怎麼說，妳都只是中了父親在幾十年前設下的陷阱，離開了文現里亞古書堂，不是嗎？與自己的意志無關。」

「換個角度來看，確實是那樣沒錯。」

她爽快承認的態度令人掃興。

「可是，如果再換個角度來看的話，我可以預測父親會設下什麼樣的圈套。興高采烈想把遺產留給女兒的久我山尚大，不是我認識的久我山尚大；接受遺產的我也不是我。我覺得這一切都很無聊，所以拒絕接受。對親生女兒設下陷阱，才是那個人的風格。」

她心情很好，語帶雀躍，似乎真的這麼想，反而令人感到不舒服。

「妳是說，這一切妳早就算到了嗎？」

「不是。我只是在說，誰設下圈套什麼的毫無意義。在每個時刻都能夠果斷地說『這就是我』才是真正的自己。人類只要配合感情的強度做決定即可。栞子一定也是這麼想……所以她最後應該會答應吉原先生的提案。」

「我會阻止她。這場交易太危險、太像詐騙了。」

「哎呀，我也會參加呢。」

「所以我才更覺得危險。」

八成有詐。吉原和這個人應該都另有目的。對於文現里亞古書堂來說絕對不是好事。

「妳該不會與吉原聯手吧。」

我自暴自棄地說出口。反正她總會看穿我的想法。

「當然沒有，不過你也不會輕易就相信我的說詞吧。」

「……文現里亞古書堂如果參加書市競標的話，得標價格會被拉高吧。我不懂妳故意要栞子小姐參加的意義。」

「我猜五浦你擔心的是這樣吧——我與吉原先生共謀，將栞子牽扯進競標裡，讓她用文現里亞古書堂抵押借錢、買下複製品之後，我和吉原先生再平分那筆錢。從栞子手中奪走那家店也可以讓她擺脫不熟悉的經營……哎呀，感覺似乎不壞呢。」

全部說中之後，又故意表現出佩服的樣子。如果真變成這樣，不需要像之前那樣邀請，栞子小姐或許真會追著母親跑——這次是為了報復她奪走父親留下的書店。我絕對不想看到這樣的她。

「妳可以保證你們沒有聯手嗎？」

「事實上我明天約好了與栞子見面。剛才聯絡時，栞子也要我對此提出保證，因此我主動提議，假如我和栞子兩人都無法標下第一對開本的真品，栞子這次必須支付的所有費用都由我負擔。這件事我也會告訴吉原先生。」

我思考著這件事代表的意義——亦即如果母女雙方的哪一方都無法分辨出真品，或是三冊都不是真品，栞子小姐一毛錢也無須負擔。這麼一來，參加這場競標，對於栞子小姐來說也不是百害無一利了。

「如果栞子小姐弄錯、標下了復刻本，而妳標下真品的話……」

「當然栞子就會失去大筆金錢了。如果最後文現里亞古書堂倒閉了，我也不會出手相助的。」

她說得毫不遲疑。總而言之，要是栞子小姐無法分辨真偽，就沒什麼好談了。

「妳有自信選出真品吧？」

「不覺得這個問題很蠢嗎？」

她以調侃的語氣反問。是的，我當然有自信——不，不對。就算沒有自信，她也不會在這裡向我承認。我的問題的確很蠢。

「你剛才說過這場交易很像詐騙，不過如果你只是把吉原先生當成普通的騙子，恐怕是誤判了他的本質。雖然栞子的道行應該沒有那麼淺。」

「……什麼樣的本質？」

我覺得自己厚著臉皮這麼問很丟臉，不過就算丟臉，只要能得到情報就好。

「吉原先生誇張的言行舉止只是在演戲，他八成認為自己是《李爾王》裡的小丑。」

「《李爾王》是莎士比亞的悲劇那個……」

「是的，四大悲劇之一。許多評論都認為那是莎士比亞的最高傑作。年老退位的不列顛國王李爾遭到繼承領地的女兒們……高納里爾與里根背叛之後，孤獨地徘徊在荒野。而跟隨失去所有忠貞騎士與隨從的李爾到最後的，是沒有權力又愛說三道四的小丑。」

（臨死之前卻是寂寞又孤獨的人，彷彿獨自徘徊在荒野中……）

我想起吉原昨天說過的話。如果他認為自己是那名小丑的話，久我山尚大就是李爾王了。

「吉原先生直到最後都是家父忠實的部下。想要重現為我準備的測試，其中一個原因大概就是陪伴久我山尚大度過晚年的自負吧，就像陪伴李爾王的小丑。」

我腦海中突然浮現不曾見過的光景——白髮老人與打扮誇張的小丑在空無一物的草原上幽幽晃晃走向遠方；或許是我曾經在哪裡看過《李爾王》的電影吧。

「李爾王徘徊在荒野……後來怎麼了呢？」

「因為李爾的暴躁脾氣而斷絕父女關係的忠心小女兒寇蒂莉亞，向身為法國國王的丈夫借來一支軍隊，率軍救出父親。但是高納里爾的丈夫等人率領的英軍俘虜了兩人，最後寇蒂莉亞遭處決，絕望的李爾也斷氣。」

「……沒有半點救贖。」

「是啊。因為故事太陰鬱，所以在莎士比亞死後，有人擅自將之改成快樂的結局，原版的《李爾王》反而在一百五十年間都不曾被演出。」

「欸，這樣不是很奇怪嗎？」

對於作者來說，這樣才真的沒有救贖。大概因為篠川智惠子說明的聲音與栞子小姐極為相似，我不自覺聽得入迷。

「《李爾王》就是這麼不同凡響又非比尋常的戲劇吧。正因為沒有救贖，李爾失去忠貞的寇蒂莉亞而痛哭時，才能夠打動觀眾的心。"My poor fool is hang'd"……『我可憐的弄人被吊死了』……」

「那個，我記得弄人是……」

「也有小丑的意思。在李爾的心中，對自己忠心耿耿的小丑與寇蒂莉亞的存在或許重疊在一起。事實上也有說法認為這兩個角色應該由同一名演員演出。畢竟這兩者沒有同時登場的場景，再加上伊莉莎白時代的演員經常一人分飾多角。」

然後女性角色也是由男演員演出。事實如何姑且不論，總之不無可能。

「吉原先生認為自己是老主子忠心的小丑，也認為自己是他忠心的孩子。既然是孩子，他自然希望繼承財產。」

篠川智惠子說得煞有其事；不過如果真是這樣，背叛父親的她在吉原看來就是敵人了。讓她在書市競標現場鑑定那三冊書，是否也出自於惡意呢？

「吉原先生的能力很強，夠聰明才有資格當小丑；扮演小丑角色需要具備足夠的知識，你們不小心一點的話很危險……尤其是栞子。」

我覺得緊張。就算想不出自己能夠做些什麼，只要能夠待在栞子小姐身邊——

「這種時候，你卻一點兒也派不上用場。」

我的胸口突然被狠狠一刺，僵立在原地。拿下太陽眼鏡的篠川智惠子以銳利的視線看著我。

「你剛才說『我也會一起去』，可是一起去了之後，你打算做什麼？」

「這……」

我的腦袋一片空白，想不出任何答案。她的聲音與告訴某人傷人真相時的栞子小姐一模一樣。

「你確實力氣很大，直覺可能也許多少有些敏銳，但終究不過是普通人。你能做的，別人也能做……有栞子那樣的才能，應該能夠輕易找到能力更高的伴侶。她本人只是尚未發現這一點而已。」

熟悉的聲音迴盪在一片空白的腦海中。自己是不是能力不足的伴侶——這股不安從以前就一直存在我內心某處。

「反正戀愛只是一時的意亂情迷，等到栞子的意亂情迷消失時，你就沒有半點存在價值了……我有說錯嗎？」

別說反駁了，我連動也動不了。篠川智惠子心滿意足地轉身，打開拉門的同時轉過頭來看向我。

「後會無期，大輔。」

她以跟栞子小姐一樣的聲音說完後離去。

3

開店沒多久，就接連不斷的有客人帶著書上門來委託收購。每個人拿來的冊數都不多，而且都是我也有能力估價的雜書，不過整理完畢時也已經接近中午。

把剛上架的絕版文庫整套買下的客人離開後，店裡只剩下我一人。栞子小姐出門去見她的母親。她的妹妹從今天起要去大船的補習班上短期班。

昨天篠川智惠子對我說的話，還盤旋在我腦海中。我當然明白她是企圖影響我，雖然說稍微改觀了，結果還是不歡迎我的存在；我消失的話，她會比較開心吧。

但我也覺得她說的話一矢中的；被栞子小姐選上，我的確覺得自己很特別。但是冷靜想想，對她來說，也沒有什麼事情是非我不可的。

書店正面的玻璃門被人打開，走進一個曬得黝黑的小個子男人。他身穿牛仔襯衫，袖子捲起，搭配白色窄版長褲，戴著文雅的細框眼鏡。就我看到的大量白髮推測，年紀大約是五十歲後半吧。整體顯得整齊乾淨，衣服卻有些不合身，像是跟朋友借來的。

「喲，好久不見。」

他舉手和我打招呼，一邊走近櫃台。這個人是誰？意外粗糙、滿是皺紋的手引起我的好奇。這麼說來我聽過這個聲音，等等，仔細一看這張臉也似曾相識，尤其是那雙炯炯有神的大眼睛。

「欸……該不會是……志田大叔……？」

「看也知道吧？不然我還能是誰？」

就是那位行蹤不明的背取屋兼遊民的志田。他過去的標準打扮是皺巴巴的誇張T恤與小平頭，現在穿著完全不同了，頭髮也留長了，沒有仔細看的話根本認不出來。

「你這些日子跑去哪裡了？大家都很擔心呢。」

「我回家了。」

「回家……」

我聽過他有家庭，不過也聽說他做了無法挽回的事，我沒想到他可以回家。

「與我聯絡上的家人生病了，我回去照顧他。雖說他需要人照顧，我無法離開，不過情況總算穩定不少，所以我才想過來和這邊的朋友們打聲招呼……大姊不在嗎？」

大姊是指栞子小姐。

「有事外出。」

「真可惜。去工作嗎？」

「……不算是。」

我含糊回答。此刻我不想提到篠川智惠子的名字。

「小菅似乎在找你呢，志田大叔。」

「我剛才在補習班旁遇到她了。文香也在場……我被她們兩人狠狠唸了一頓。害她們兩位小姑娘擔心，真是不好意思。」

他來回摸著自己的腦袋，似乎忘了自己已經不是小平頭。小菅奈緒與他很親近，甚至稱呼他為「老師」，他過去也經常聽篠川文香吐苦水。

「哦哦，對了，這個拿去。」

他將一個細長、以包巾包著的東西立在櫃台上，從形狀看來是一升的酒瓶。

「這是什麼？」

「那位大姊最喜歡的大吟釀。之前受了她不少照顧。你們兩個就一起喝吧。你們的感情還是一樣很好吧……嗯？怎麼了？吵架了嗎？」

稍早正在思考的事情似乎不小心寫在我臉上了。

「我們沒有吵架。」

我勉強擠出微笑。好幾個月無法離開身邊，表示他的家人病情絕對不簡單。老實說，我雖然想找他商量，可是也擔心會給他增加多餘的負擔。正當我猶豫不決之時，志田的雙眼大睜到快要凸出鏡片外了。

「……你，該不會是欠下了莫名其妙的債務吧？」

「啥？」

「因為你黑著一張臉，又不可能是和那位大姊起衝突；若說其他麻煩的話，最先想到的就是錢了吧？我也有經驗才會這麼說，錢很可怕噢……你想找人商量的話，我隨時奉陪，如果你需要正當的借錢管道的話。」

「不，我沒有要借錢……不是那種事。」

我阻止他繼續逼近。

「那是什麼事？如果你信得過我的話，我願意聽你說。」

對方主動這麼說。志田也很清楚這家書店的情況。過去有一段時期，他負責向篠川智惠子報告篠川姊妹的近況，不過那也是為了回報篠川智惠子過去的幫助。他講道義，口風又緊，是最佳的諮詢對象。沒有父親的我，幾乎沒有親近的同性長輩。

「其實是……」

我遲疑了一會兒之後簡單扼要地說明，包括截至目前為止與吉原之間發生的事情、莎士比亞的第一對開本即將在下一場書市競標拿出來拍賣、栞子小姐猶豫是否參加，以及自己的存在價值昨天遭到栞子小姐的母親否定云云。

默不作聲聽完的志田，欽佩地點點頭。

「有機會弄到那樣的珍本書不是很了不起嗎？連我也想去現場瞧瞧呢。一輩子有這麼一次機會親眼看到，我就可以到處吹噓了……所以那個時候智惠子小姐才會出現在台灣啊，原來是為了找尋第一對開本。」

「咦？」

「我說過三年前曾受到智惠子小姐的幫助吧？就是我在台灣進退維谷那個時候……難怪她當時說是為了重要的事情到台灣。」

我當然記得。志田扮演間諜般的角色，也是為了回報當年的恩情。這麼說來，久我山尚大賣書的去處之一，就是台灣的古董店。之前我一直沒把這兩件事情聯想在一起——篠川智惠子應該也在尋找紅色、藍色、白色這三冊書。雖然結果全都落到了吉原的手上。

（吉原先生的能力很強。）

昨天的這句話掠過我的腦海。至少在找書這件事情上，他的資歷或許比篠川智惠子更久。栞子小姐想要與這樣的對手交易，我想不到自己在這種時候能夠幫上什麼忙；這種時候如果有個能力更強的伴侶，栞子小姐就不用暴露在危險之下了吧？

「別把智惠子小姐說的話放在心上。」

彷彿在回答我的疑問，志田在我的視線範圍外對我說。

「因為你是凡人啊。在往後的人生中，那位大姊或許總有一天會離開你……不過，那又如何呢？」

他這番話沒有逞強也沒有調侃。我抬起臉。志田泰然自若地站在那兒直視著我。

「現在那位大姊選擇的是你，這樣不就夠了嗎？……更何況在我看來，你才是正派的年輕人，那位大姊是無可救藥的怪人。換言之，你這樣的老實人只是在人生現在這個階段選擇了那位怪人大姊。有自信一點，你自己的覺悟就是一切。反正沒有人知道剩下的人生會是什麼情況。」

我一句話也說不出來。志田的話銘刻在心。儘管如此我也沒辦法那麼輕易地改變心態；畢竟我也覺得栞子小姐的母親昨天對我說的話沒有錯。

「總之，你要和大姊談談。如果還是不行的話，打電話給我，我隨時都可以陪你聊聊……我把聯絡方式寫給你。」

志田自行從櫃台的文件夾裡抽出購書單開始填寫。我突然想起我們第一次見面那天，來賣書的志田也是以完全相同的姿勢拿著原子筆寫字。

但是他寫的地址既不是引地川的橋下，名字也不是志田。為了躲避麻煩，這個人使用志田當假名。

我認識的志田這號人物已不復在。感覺難以言喻，像似鬆了一口氣，又似寂寞。

志田表示接下來還與人有約就離開了。店裡再度剩下我一人。在這間滿是文字書的店內，我感覺志田留下的那些話還飄盪在空氣中。篠川智惠子說過的話語緊貼在我的腦海裡；無論我朝向哪一面都是字、字、字。誰說的才正確，我也無法判斷。

正面的玻璃門被人大聲打開，身穿無袖白色針織衫與休閒寬褲的栞子小姐拄著拐杖，彷彿剛才一路跑回來，她上氣不接下氣地喘著，臉頰也泛著紅光。

「妳回來……欸？」

她以我不曾見過的速度快速靠近，腹部猛力撞上櫃台，感覺像是真的忘了櫃台的存在。拐杖脫離她的手掉在地上。

「妳沒事吧？」

她沒有回答。雙手扶著櫃台檯面，繞到我面前。她的腳雖然已經恢復得比之前好，不過沒有拐杖還是很危險。在我要伸手扶她之前，她搶先一步以要把我撞倒的力道撞進我胸口。兩條手臂牢牢環上我的背。

（咦……）

我的身體滾燙到幾乎要冒出水蒸氣。混合陽光味道的甜香體味，讓我腰部附近竄上一股顫慄。我勉強藉著殘存的理性看向書店入口。我們這個樣子從外頭不是全都看得一清二楚嗎？而且玻璃門還開著。

栞子小姐以雙手抓住我，把我用力往下一扯。她的鼻尖抵著我的鼻尖。

「……看著我。」

在喘息的空檔，她以令人害怕的聲音低聲說。與前天我在連鎖咖啡廳對這個人做的事一樣；只不過這個人此刻明顯在生氣。

「我的母親對你說了很多吧。」

對了，她今天是去和自己的母親見面。突然出現在我家的事，一定也是從篠川智惠子本人那兒聽來的。

「是的，昨天……」

「請把那些話忘了。」

我還沒說完，她就打斷我。

「我——」

我們彼此的嘴唇微微碰在一起。她維持這個姿勢，以顫抖的聲音說：

「我不會和你之外的人交往。其他任何男人對我來說都沒有價值……喜歡你的我就是我。」

腦子裡突然就像濃霧散開般一片清明，我甚至一瞬間忘了自己原本在煩惱什麼。在每個時刻都能夠果斷地說『這就是我』才是真正的自己——篠川智惠子也這麼說過，不是嗎？什麼才是標準答案？今後會發生什麼事？沒人能夠預測一切。就像舞台上的演員。

在無法預測的情況下，決定該怎麼做的人是自己。老是想著將會有什麼樣的結果在等著，永遠也煩惱不完。只要像志田說的那樣，抬頭挺胸相信自己的決定，並且對此有心理準備就好。

「我準備參加週五的書市競標……雖然我必須先從三冊當中找出真品，再來投標。」

她說出自己的決定。意思就是她打算拿這家店做抵押換取資金。

「我會讓這場交易成功，並且拿到小文的學費。同時我也想要親眼看到、親手打開真正的第一對開本……然後我要把書裡寫的故事告訴你，花很長的時間慢慢說給你聽。」

我重重點頭。

「……我想聽。」

她聊舊書，我聽她說——從一年前初相識的那天起，我們就是這樣扮演各自的角色。

「舊書由我來看清楚。大輔，我希望你負責看清楚我，如果我快做出錯誤的判斷時，我希望你阻止我……而我會聽你的話。這樣可以嗎？」

「當然。」

我堅定回答。我現在已經知道自己今後該做什麼。我朝她彎身，加深那個吻。就算被誰看見也無所謂。

「全部結束之後，妳能不能來我家一趟？」

過了一會兒，我離開她的唇小聲說。

「我希望妳見見我的母親。」

她沒有絲毫猶豫，看著我的眼睛用力點頭。

「好，我一定會登門拜訪。」

4

週五這天，我們九點半抵達戶塚的舊書會館。

停車場全都停滿了，我們不得已只好和往常一樣停在路邊。出入這裡的舊書店店員們的煩惱就是常常被開違規停車的罰單。如果在舊書交換會上獲利卻被罰款，就白費功夫了。

「今天好多車啊。」

栞子小姐下廂型車時這麼說。感覺上車子的確比以前來參觀時更多。照理說今天參加的業者應該比週一的置放投標少才對。

天空是夏天少見的滿天烏雲，潮濕的空氣讓人不舒服。氣象預報好像說下午會下雨。

在建築物的報名處領取名牌之後，我們上了二樓。活動管理人們正在進行書市競標的準備工作。長桌的排列方式與週一稍有不同，會場中央排出一個中島，而窗戶對側的桌子則幾乎沒有移動，桌上堆著今天要拍賣的舊書。

幾十位店員們確認著今天要拍賣的舊書，決定要投標哪些。人數比我以前來的時候更多；競標開始時應該會出現更多人。吉原喜市與篠川智惠子都不見人影，也或許只是現在不在座位上而已。

「總之我們去看看那三冊……」

栞子小姐說到這裡停住。她視線前方是滝野蓮杖與一人書房的井上，正倚著牆壁說話。以閒聊來說，他們的表情未免太嚴肅了。他們兩人同時注意到我們。

「早安。」

我們上前打招呼加入他們。

「對於莎士比亞的第一對開本，你們知道些什麼？」

井上突然直接切入重點。我反而想知道這個人了解多少。井上對著一時反應不過來的我們解釋：

「我昨天拿商品過來時，聽到奇怪的傳聞，聽說今天的書市競標要賣的復刻本裡混著真品。今天早上過來一看，正好看到那個舞砂道具店的人在擺書。那些書是與你們先前標下的復刻本不同顏色的版本。」

拿出來拍賣之前就有傳聞流出，放消息的人毫無疑問就是吉原。他打算在這場書市競標上表演一場秀，給篠川母女施加壓力；到時她們兩人出錯的話，將會非常難堪。

「傳聞是真的……至少我是這麼認為。我們今天也打算找出真品投標。」

栞子小姐小聲承認。兩位舊書店老闆互相交換眼色。

「……真是難以置信。」

井上呻吟。有這種反應也是無可厚非。這個分會舉辦的書市競標規模極小；就算有人說這裡出現希世珍本，一般人的反應也只是「啊，這樣嗎？」很難真的相信。

「大家都聽到傳聞了嗎？」

「我想有一半是這樣。」

滝野回答。

「今天也出現了許多平常不會參加書市競標的人。儘管大家都沒有當真，不過為了以防萬一，還是姑且過來看看。一看到書頁像那樣牢牢黏在一起，所有人都說不出話來了……這到底是怎麼一回事？」

栞子小姐垂下視線。雖然沒必要隱瞞這兩位，不過她也不確定該從哪邊開始說明才好。於是滝野把手舉到面前揮了揮，像要收回自己的提問。

「如果要解釋很久就算了，我現在沒有時間聽，改天再請教。我差不多該回去準備書市競標了。」

這個時間，身為活動管理人的滝野應該也很忙。他與井上談話八成是為了交換那三冊書的消息。畢竟那三冊與其他拿出來拍賣的舊書性質不同，完全是異常的商品。

「今天沒有其他生書，所以那三冊的拍賣預定在最後進行……我想順序應該是藍色、白色、紅色。」

說完，滝野就回到其他活動管理人所在的地方。因為湘南分會的書市競標最低得標價格是一百日圓，首先登場拍賣的會是價格勉強接近一百日圓的雜書。生書是指第一次出現在市場上的罕見品項，而這類可能會喊出高價的商品通常會擺在最後。滝野等人也看出那三冊可能喊出高價。

「撇開不是我擅長的領域這個原因不提，我看我最好還是別出手攪和。」

井上望著對面的牆邊說。幾位舊書店店員們聚集在牆邊的長桌。那三冊書就擺在那兒吧。

「除了投標之外，還必須具備鑑定能力吧。不管是拿出來書市競標還是書頁黏在一起，我怎麼想都覺得不對勁。這件事一定跟妳母親有關對吧？」

「……是的。」

聽到栞子小姐的回答，井上的表情暗了下來；這個人也曾經因為篠川智惠子而嚐到苦頭。

「我不知道你們準備了多少資金，不過別投入太多。小心一點。」

「謝謝您的提醒。」

我們向井上鞠躬之後離開。很可惜我們無法聽從井上的忠告；栞子小姐為了這場交易調來的四千五百萬日圓也準備就緒。聽說文現里亞古書堂的土地跟主屋的藏書等全部作為抵押品的話，可以借到這麼多。

如果是一般情況，這些錢怎麼可能買到第一對開本。雖然不清楚篠川智惠子準備了多少資金，不過對於栞子小姐來說，這已經是她這幾天能夠取得的最高金額了。我們今天當然沒有把現金全部帶來；這個分會的書市競標只要在兩週之內支付得標金額即可。

自己也無法標下真品的話，就會負擔栞子的所有費用——幸虧篠川智惠子立了這個契約，才得以減輕我方的風險；不過若有萬一的話，栞子小姐可能失去一切。

不過就算得標，黏在一起的書頁也必須先分開之後才能轉賣吧。至於是否有轉賣的機會，也要看接下來能否分辨出真品。

牆邊長桌的人群恰巧都離開了。並排的三冊皮革裝幀的書，由左到右依序是藍色、紅色、白色。栞子小姐拉過木製踏台坐下，將拐杖與托特包擺在身旁。

三冊的狀態各有不同。她先拿起藍色書確認。

藍色皮革封面上有個大大的十字刀痕。持有人或許想要從書封拆解書。切口與天地也有傷痕，恐怕也是同一把刀子所為。唯一被強行翻開的就是這本藍色書。

栞子小姐翻開封面，大約十五、六頁的襯頁紙黏在書封那一側，接著破破爛爛的扉頁出現，莎士比亞的肖像畫幾乎不留原形。看來持有人放棄繼續割開其他書頁，所以能夠確認的只有這個扉頁。

「……好慘。」

栞子小姐表情扭曲，像是自己感到痛楚一般。

「不只是書頁被剝開，還有一部分被割下了。」

她指著扉頁的角落。四周塗黑的地方缺了一塊三角形。她緩緩撫摸著表面確認質感。

「這是真品嗎？」

在她頭頂上方的我開口問。假如這本藍色書是真品的話，四百年前印刷的珍貴書頁就被毀壞了。

「不是。很顯然不是十七世紀的紙張。大概與外婆的黑色復刻本是同樣的紙質……雖然不能排除其他幾頁是真品的可能性。」

栞子小姐回答。也就是說藍色書是真品的可能性很低。

她合上藍色書，撫摸隔壁的紅色皮革封面。三冊當中狀態最好的就是這一本。封面沒有算得上是傷痕的損傷。而切口到處都有扁平的小洞，似乎有人試圖把刀子插進去，結果還是放棄了打開這本書的念頭，不像藍色書的持有人那般粗魯。

但是書的角落──切口與天地的邊緣，分別被斜斜割下一公分左右的書頁。大概是事後還有進行修補，那兒貼著與旁邊質感略顯不同的金箔。

「打不開卻被妥善保存著呢，這本紅色書。」

我說。連被割下來的地方也修補妥當。

「或許就是這樣才覺得有趣。舊書收藏家本來就有許多怪人。」

她說得彷彿事不關己。姑且不論這本書被如此珍惜對待，重點是這本書看起來完全不像舊書。看不出是比久我山尚大裝幀的一九七〇年代更早之前的東西；切口天地都與黑色復刻本相似。既然時隔四百年，乍看之下的質感應該也不同吧。

栞子小姐帶著踏台移動到最右邊的白色書封前。第三冊的白色書狀態最差；白色皮革有點髒，到處都有奇怪的凹凸。

仔細瞧的話天地及切口的內頁都略呈波浪狀，金箔的顏色也與其他兩冊不同。不曉得是否有被粗暴對待過，地的部份有個被挖掉的傷痕，但是看不出曾企圖把書打開的痕跡。

從不同顏色的書也能夠窺見其各自的經歷與持有人的個性。

「看樣子是泡過水了。也許是故意泡水想要去除強力膠吧。」

從泡水的狀態看來，強力膠八成紋風不動。栞子小姐翻過這本書看看封底。

「三冊的重量大同小異。考慮狀態的話，還在誤差範圍之內……啊，不好，差點忘了。」

她從放在地上的托特包拿出小捲尺，仔細測量三冊的尺寸，包括書頁與書封各自的長度與寬度，不只是書，連封面、書背的厚度也測量了。最後她按下按鈕收起捲尺。

「尺寸沒有差別。與外婆的黑色書完全一樣。」

她把捲尺抵在下顎沉思。令人閒得發慌的沉默蔓延。

「我也可以看看嗎？」

「當然，請。」

她帶著踏台讓到一邊去。雖然有能力分辨書的是栞子小姐，不過我也應該看看。我試著一冊冊確認。目標是紅色或白色。我先抓住紅色書的切口拿起——差點把書弄掉，我連忙以左手扶著書背。有一種書要從手裡逃走的感覺。我連封底也大略看過之後，這次以同樣方式單手抓起白色書。

「嗯……」

白色書拿起來比較順手。也許是錯覺。

「怎麼了？」

「總覺得白色書拿起來的手感比較好。」

「借我一下。」

栞子小姐接過白色書，抓起左右兩側，然後以認真的表情慢慢敲打書背，接著她抓起紅色書，以同樣方式敲打。她似乎是在檢查聲音。兩本書交替拿了幾次，重複著同樣動作。

「……原來是這麼回事啊。」

她似乎心裡有數了。現在拿在手裡的是白色書。我不知道她怎麼判斷，不過我猜白色書或許是真品。

先不論書封、書背等外觀，切口及天地看見的內頁紙張應該是四百年前的東西。所以最大的線索就是內頁的紙張；三冊之中，紙張看來不同的只有白色書。假如原因不是曾經泡水的話——

「白色書是真品嗎？」

因為還有其他舊書店店員在場，我在她耳邊低聲問。栞子小姐轉過頭來，一瞬間露出困惑的表情，似乎我問了她沒想到的問題。她吸了一口氣正要回答，下一秒——

「紅色皮革書封的才是真品。很簡單。」

從背後傳來相似的聲音。一回頭就看見戴著太陽眼鏡的長髮女子站在那兒。她身上的黑色長褲與白色大衣領襯衫不曉得為什麼很像喪服。她與栞子小姐的視線交會。率先露出微笑的是母親。

「那麼，待會兒見，栞子。」

篠川智惠子轉身離開會場。栞子小姐的視線追著她的身影，直到看不見為止。

「她剛才那是什麼意思？」

「一如往常的擾敵戰術吧……很像她的風格，讓人懷疑是不是有什麼深意。」

但是對方清楚告知真品是紅色書，應該有什麼意義才是。

「栞子小姐認為哪一本是真品呢？」

猶豫了一會兒之後，她摸摸紅色書封。母女兩人的答案一致。如果這是正確答案的話，篠川智惠子就是故意告訴我們她認為正確的答案了。我不懂。如果栞子小姐也對同一冊書出價的話，對她應該很不利。另外，她突然大聲宣告，彷彿要讓周遭其他人聽到的做法，也令我在意。

我突然感覺到一股視線，環顧四周，就見吉原喜市從堆高的舊書後側窺視著我們。視線一對上，他絲毫不覺尷尬，微笑點頭打招呼。篠川智惠子的聲音似乎也能夠傳到他那邊。

（是為了說給吉原聽嗎？）

也可能是基於某些理由而扯謊。如果是這樣，篠川智惠子心裡的正確答案或許是其他顏色。

栞子小姐可能錯了——

我甩頭趕走質疑。栞子小姐說的沒錯，那是一如往常的擾敵戰術，思考動機也沒用。

「總之我已經知道哪一本是真品了。」

栞子小姐強力主張。

「我想應該沒問題……我要參加書市競標。」

她拉過拐杖，手撐著桌子用力起身。她說是真品的紅色皮革書封突然晃動。我拿起書，發現書下不曉得什麼時候多了一支鉛筆。好像是滾進去的。

我挪開鉛筆，把書靜靜放回桌上。認為白色書是真品是因為我外行吧。如果她由衷認為紅色書是真品的話，當然沒有任何問題，我也只會支持她。

但是她嘴上那樣說，表情卻有些不確定，這點讓我擔心。希望不會影響到她的判斷。

5

書市競標即將開始，身為買家的舊書店店員變得更多了。平常不曾在這個舊書會館看到的生面孔也很多；似乎有不少業者是因為聽說第一對開本的傳聞，所以從其他分會或商會過來一探究竟。

不過現場感覺不到等待世紀珍本書的熱度。歸納那些傳進耳裡的對話，多數人似乎在看過書頁黏在一起的三冊之後覺得只是流言而感到沮喪。儘管如此，他們還是沒有離場，並且以買家身份參加競標，大概是心想既然都特地來這一趟了，就採購一些店裡能用的舊書回去貼補成本吧。

會場中央以六張長桌緊挨在一起打造成大型中島，書市競標就在這裡進行。每個商會的做法不同，這裡是主持人站在四方形中島的一側，其他買家圍著另外三邊而坐的形式。

今天的主持人是虛貝堂的杉尾；他是位在戶塚的舊書店第二任老闆，年紀五十多歲；父親過去也是久我山書房的員工。杉尾也擔任商會理事，對於過去的事情很清楚；太宰的《晚年》事件時，我們也曾承蒙他的幫忙。

剛才向他打招呼時，我們姑且說明了事情的經過，也告訴他交易將會與一般書市競標不同。他當然無法站在我們這邊，不過他答應會確保交易公正。

主持人背後的長桌上擺著我們稍早看過的舊書，書已經標上接下來的拍賣順序編號。一如滝野所說，那三冊擺在最後——按照藍色、白色、紅色的順序登場。

原本在會場各處的買家們也集合到這個中島區。主持人的正面、中島靠窗的位置，擺著幾張為高齡常客準備的椅子。那些是哪些人的座位大致上是固定的，不過其中有一位常客注意到栞子小姐拄著拐杖，對我們喊道：「文現里亞老闆，妳坐吧。」栞子小姐十分受到出入這個會館的中高年齡者的疼愛。

栞子小姐彬彬有禮地道謝並回絕。我們的目標只有最後登場的品項，所以在此之前無須待在會場裡。而且篠川智惠子也還沒有回來。

「那麼我就失禮了。畢竟我的年紀也大了。」

這樣說完並坐下的人是吉原。他的確是老年人，不過與他同輩且更需要椅子的大有人在。他毫不在乎那些冷眼看向他的視線，帶著微笑親切地問候四周的人。

「那麼，差不多要開始了。」

杉尾說。以前來參加時，即使書市競標開始了，舊書店老闆們也仍在閒聊，今天所有人卻都不自覺地安靜下來。那些被強力膠黏住的第一對開本，或許為書市競標的會場帶來不同的空氣。

滝野負責「出貨」，也就是把拍賣品項的舊書交給主持人杉尾。旁邊還有稱為「山帳」的人負責記帳，也有人負責將交易內容輸入電腦裡做成紀錄。當然他們都是隸屬商會的專業舊書店店員。

滝野從背後的長桌把便利商店賣的廉價版漫畫書一捆捆挪到中島上堆好，讓買家看看書背。漫畫書一共有五捆。

「便利商店漫畫書五冊，裡頭包括手塚治虫。起價是一百日圓，如何？」

杉尾以口齒清晰的聲音對買家們說。負責介紹商品，以及決定稱為「花聲」的起標金額，也是主持人的工作。主持人必須能夠瞬間判斷書籍價值，因此需要深厚的知識與經驗。

兩百日圓、三百日圓——四周的買家紛紛出聲喊價。在我們附近的年輕老闆喊價四百日圓後，沒有人繼續喊。

「四百日圓決標，砂場書店得標。」

杉尾把漫畫書一捆捆拋向買家。只要不是太重的品項，得標的書被這樣亂丟是很普遍的情況。買家老闆把掉在面前長桌上的得標商品堆到旁邊的手推車上。在他搬書時，下一批舊書已經堆上中島。書市競標以流暢的節奏進行著。

一開始多半是不值錢的雜書，隨著主持人背後的舊書堆愈來愈少，高價決標的品項也愈來愈多。

「推理小說文庫本三冊，內含大坪砂男的作品。」

杉尾拿出一冊給買家看。似乎是相當罕見的書。部份買家臉色一變，我聽到有人說：「狀態很好呢。」當中特別感興趣的是一人書房的井上。他雖然說自己也有拿書出來賣，看樣子似乎也有買書的打算。

起標價格是三千日圓，價格一眨眼就往上飆破了一萬日圓。井上喊出「一萬八千」後，立刻出現「三萬」的喊聲。那是剛才把椅子讓給栞子小姐的高齡老闆。沒有買家喊出更高的價格。

「……好，三萬決標。記文堂得標。」

杉尾又把那一捆文庫本丟出來。被稱為記文堂的老闆一臉不悅，把收到的書擺在椅子後面。

「價格為什麼突然飆高？」

書市競標持續進行著，我小聲問栞子小姐。就算他打算出三萬，也沒有必要一下子就喊出那個金額。而且那位老闆雖然買到書，卻似乎很不滿。

「那位記文堂老闆大概就是書主。在這個分會舉辦的書市競標，書主也有一次喊價的機會。為了防止自己拿出來賣的書以過低的價格決標……相當於置放投標的底標單一樣的設計。」

也就是說剛才的老闆自己設定了得標價格，卻沒有人出到那個金額。怪不得顯得一臉不高興。

（當然起標的最低價格是由我決定。）

我想起吉原提到要把那三冊拿出來參加書市競標那天說的那句話。他大概就是打算用這種方式吧，也就是說那個老頭也會開口喊價。

我突然注意到篠川智惠子站在隔著中島的正前方。從主持人的位置來看，我們在左側，她在右側。她應該注意到了我的視線，卻連看我的打算都沒有，只緊盯著我身旁的栞子小姐。那是想要看穿他人一切的眼神。

不曉得什麼時候，尚未登場的舊書堆已經幾乎消失，移到了買家的背後。滝野將藍色、白色、紅色的大開本舊書放在中島的長桌上。終於輪到久我山尚大留下的三冊書登場了。栞子小姐一手抵著胸前大口深呼吸；我也清楚察覺到她握著拐杖的手正在用力。

會場的視線也集中到三個顏色的書上；氣氛與其說是嚴陣以待，更像是對於亂入的異物感到困惑。杉尾接過第一冊藍色書，翻開已被強行扯開的書頁，秀給眾人看。

「這是外文書。似乎是莎士比亞的復刻本……」

「這三冊當中可能混著第一對開本的真品。這些原本是久我山尚大的藏書。」

突然扯開嗓子說話的是坐在椅子上裝模作樣的吉原喜市。

「當然我無法保證。如果有人能夠分辨真偽，請務必出聲。」

「舞砂老闆，主持人是我。」

主持人杉尾提出警告。他的警告聲中也帶著怒意。吉原老老實實的低頭道歉。

「如同各位所見，書頁幾乎全被上膠黏住。扉頁有破損，書封是皮革製，天地與切口三面有金箔。」

杉尾繼續說明。買家之間的竊竊私語逐漸蔓延。久我山尚大的名字似乎引起老一輩舊書店老闆們的反應。

「一千日圓起價，如何？」

起標的金額很低。八成是因為狀態特殊而且書況太糟吧。但是四面八方傳來「一千五」、「兩千」、「兩千五百」的喊聲。眾人或許不認為那是真品，但也無法捨棄微小的可能性，畢竟那是久我山尚大的藏書。

最關鍵的篠川母女都保持沉默。也許因為她們兩人的目標都是其他顏色，所以沒出聲。

「一萬。」

價格來到八千日圓時，篠川智惠子突然犀利出聲。

「咦……」

我可以聽見栞子小姐倒抽一口氣的聲音。我也愕然。不久之前篠川智惠子才說紅色書是真品。不，或許我們不該太相信她。

話雖如此，我一直以為藍色是真品的可能性最低。栞子小姐也明白說過那冊有著破爛扉頁的是復刻本。難道還有其他祕密嗎？

「一萬二千」其他店員說。「一萬二千」、「一萬三千」價格以一千日圓為單位逐漸攀升。喊到「一萬五千」的時候，栞子小姐也跟著張開嘴。

「兩萬。」

我嚇了一跳，一瞬間還以為是栞子小姐喊價，原來出聲的是她的母親。她又把價格拉高了。

「兩萬，還有其他人嗎？」

杉尾催促買家追價。

「十萬。」

突然提出五倍金額的是吉原。他以拿書出來賣的書主身份喊出底標金額。會場的買家們一起看向吉原老頭。篠川智惠子維持雙臂微微抱胸的姿勢，嘴邊帶著很淺的微笑。她沒有繼續出價。

「十萬，舞砂得標。」

杉尾把藍色書丟給吉原老頭。第一冊先還給了持有人。

「接下來才是重頭戲。」

栞子小姐對我喃喃說。她的母親似乎無心購買藍色書，只是在觀察情況。吉原大概也確認了這點。

「我們現在知道她即使不認為是真品也會出價……這是最大的問題。」

我突然懂了。也就是說，篠川智惠子對於剩下的紅色與白色兩冊都有可能喊價。她本人沒有說只買一冊；雖然不清楚她準備了多少資金，不過視情況恐怕也有可能兩冊都買。

那個人認為紅色與白色那一冊是真品呢？

「栞子小姐認為是紅色吧？」

我姑且向她確認。她輕咬嘴唇。

「是的……雖然我很介意與母親所說的一樣。」

結論沒有改變，我就安心了。雖然認為是擾敵戰術而打算無視，但還是多少對與母親有相同的想法感到排斥吧。如果我快要做出錯誤的判斷，我希望你阻止我——她對我這麼說過，不過目前看來還不需要擔心。

「推測是外文書，完全沒有打開。與剛才一樣，書封是皮革製，天地及切口三面有金箔。泡過水。」

我們在談話時，杉尾已經開始介紹下一冊白色書，也就是我認為可能是真品的那一冊。

「五千起標，怎麼樣？」

「六千」、「七千」立刻就有人喊價。大家或許認為比起書頁狀態糟糕的藍色書，這本是真品的可能性比較高。

「一萬。」篠川智惠子又拉高價格。她看著女兒，彷彿在說「妳要如何應付？」栞子小姐首次開了口：

「一萬五千。」

是為了打探真意吧——母親的喊價是真心的嗎？還是跟剛才一樣是在觀察？其他買家們也紛紛出聲，價格很快超過兩萬日圓。

「三萬。」

篠川智惠子泰然自若地加價。「三萬五千。」栞子小姐回應。「四萬。」母親回應。接下來是以五千日圓為單位往上加價。其他買家已經不再出聲。這已經超過他們願意為了不確定的傳聞付出的金額。

「十萬。」

母親喊價。已經到達吉原剛才設定的底標金額。看樣子她至少比藍色書的時候認真。連栞子小姐也猶豫了。

「十萬，還有其他人嗎？」

杉尾環顧會場說。於是吉原突然開口：

「一百萬。」

我愣了一下。一百萬。金額突然往上跳了十倍。這已經不只是為了觀察。如果不是確定為真品，不可能再出更高的金額——

「一百一十萬。」

篠川智惠子緊跟著出聲。我旁邊的栞子小姐身體在發抖。

（欸……）

我克制自己的聲音。也就是說，她剛才說「紅色是真品」是在撒謊。這個人的目標是白色。

僅僅一瞬間，栞子小姐閉上眼睛像是在思考。

「一百二十萬。」

她扯嗓大喊——為什麼連這個人也跟著大聲喊價？我感到驚慌。栞子小姐碰了碰我的手臂，像是在對我說「不要緊」。

「一百三十萬。」母親繼續追價，一眨眼就把金額抬高。我終於也懂了。假如以百萬日圓程度決標的話，篠川智惠子還能夠保留足夠的資金，很有可能連紅色書一併買下；畢竟她沒說只打算標下目標物。為了預防這一點，她必須盡量抬高白色書的得標價格，藉此削減對手的資金。

「兩百五十。」

別說日圓，連萬的單位也省略了。不過喊價還是持續著。每個人都嚥了嚥口水、屏息觀看事情的發展。在一片安靜的會場裡，只有兩個相似的聲音交替出現。

我察覺不對勁是在金額超過三百萬日圓時。

（紅色皮革書封的才是真品。很簡單。）

為什麼必須這樣干擾栞子小姐呢？既然是篠川智惠子，一定也聽到了我們的對話。明明自己選白色書，女兒選紅色書，接下來只要各自以便宜的價格得標即可。

然而她卻對無關緊要的藍色書也出價，原因我也不明白。究竟有什麼必要特地告訴我們她也會對目標之外的書出價呢？

「啊……」

我感覺背後一陣寒意。為什麼沒有更早注意到呢？再這樣下去就糟了。

「五百。」

旁邊的栞子小姐出聲。我抬起臉看向正面的篠川智惠子，心裡祈求著希望她再喊一次價。但是她不曉得什麼時候也凝視著我，大概是從我的表情知道我已經看穿她的企圖吧，她緊閉雙唇，嘴角往上一揚。如果這個世上有魔女的話，或許也會像她那樣笑。完了。——我咬牙。

「五百，還有其他人喊價嗎？」

主持人的聲音響起，會場卻一片靜悄悄。栞子小姐臉上逐漸失去血色；她似乎也明白了——對方是為了讓我們買下那本白色書。

「五百決標，文現里亞得標。」

杉尾冷靜宣佈完，把白色書丟給我們。對於非目標的白色書也出價抬高金額，可以削減對手的資金——篠川智惠子引誘栞子小姐這樣思考並投標。在開始之前先用那些話奪走女兒的冷靜，連藍色書也出價，讓女兒嗅到自己有可能會對三冊書都出價，然後再反過來利用女兒的加入。

篠川智惠子認為的真品就是她本人說的紅色書沒錯。她騙我們買下復刻本，也讓我們寶貴的資金少了五百萬日圓。

6

我第一件做的事情是緊緊握住栞子小姐的手。她顫抖的手上完全感覺不到體溫。大概連站著都很勉強。她低著頭，動也不動。

「冷靜點。」

我試著開口，可是我也明白不可能冷靜。連我也是大受打擊。總之我先用另一隻手拿起長桌上的白色書，快速環視會場。站在我正面的篠川智惠子稍微偏著頭，臉上仍帶著微笑，彷彿在說「你們已經完蛋了嗎？」那個看不起我們的冷漠表情讓我湧上怒意。也多虧如此我才能夠克制住震驚。還沒有結束。

此時書市競標仍在進行著。負責拿出拍賣品項的滝野很擔心地一直偷看栞子小姐，卻還是在主持人杉尾的催促下，把紅色書交給他。

「與白色書一樣完全沒打開。大概是外文書。封面是皮革製，天地與切口三方有金箔……切口上有小刺傷。書角也被割下。就像這樣，用金箔修補過。」

杉尾的語氣沒有改變，不過說明比剛才更仔細；或許是希望在公平公正的範圍內，給栞子小姐多一點時間重新打起精神吧。可惜這樣還不夠，我們需要更多時間。如果可能的話，我希望有時間與栞子小姐兩人單獨談談。

（該怎麼做才好？）

現在的栞子小姐無法出價，她的自信被最擅長的舊書知識奪走了，甚至無法看著陪在一旁的我；在這裡的只剩下那個內向害羞的女孩。

我也無法以她的身體狀況當作藉口要求暫停拍賣，因為這樣做，等到最關鍵的她從這裡被送出去之後，書市競標仍會繼續下去。畢竟除了我之外的人，沒人會希望拍賣暫停；只要書市競標的時間不夠長，中間就不會有休息時間。只會按照流暢的節奏進行下去。

不管是多麼愚蠢的理由都沒關係，只要能有個藉口讓這裡的大多數人都希望競標暫停的話——

「……啊！」

我抱著白色書跑到窗邊看向下方的馬路。感謝我們的好運，正好有個身穿綠色制服的老先生走在步道上。有許多舊書店店員來參加書市競標，所以今天路邊違規停車的情況特別多。

「呃……」

我回頭大喊，像是要蓋過杉尾宣佈起標價的聲音：

「把車停在外面的人，好像要被開罰單了！」

買家們全都緊張起來。違規停車的罰單是這裡每個人的共同煩惱。

「好，休息十分鐘！」

杉尾還沒有宣佈完，有過被開單經驗的舊書店店員們連忙跑出門外。

舊書會館的會場突然變得人煙稀少。杉尾和滝野等人也在說了「出去抽根菸吧？」之後就離開了。篠川智惠子與吉原喜市也離席。我拉著栞子小姐的手領著她到會場角落。

我讓她坐在剛才用過的木製踏台上。垂頭喪氣的她，被黑髮遮著看不見臉。

「……我失敗了。」

她以氣若游絲的聲音喃喃說。

「都是我的錯……反而多了五百萬的負債……要操心的不只小文的學費了……」

我很清楚她為什麼嘆氣。白色書恐怕只是普通的復刻本，幾乎沒有價值。儘管如此交易既然成立，仍然必須支付吉原五百萬日圓。她必須籌出這筆錢。

「栞子小姐。」

我膝蓋跪地，緊握她的雙手，從下方湊近看著她；她稍微抬起眼，我們的視線總算交會。她的雙眼裡滲著淚水。

「還沒有結束。」

我一個字一個字慢慢說，希望盡量傳進她的心裡。

「我想甚至可以說，我們把她逼近死胡同了。」

「……咦？」

「在已經知道得標價格會被拉高的前提下，她找妳來參加書市競標，卻沒有大大方方出聲得標，不是很奇怪嗎？」

她的表情有一點點改變了。好現象。

「大概是因為有什麼緣故，她無法準備足夠的資金，她的情況比我們想像中更吃力，所以才會使出這種小手段，減少我方的資金……我的想法，不對嗎？」

她終於從正面看著我的臉，但是表情還是鬱悶。

「可是只剩下四千萬……」

「還剩四千萬呀。還有可能成功。妳對於紅色書是真品有信心，不是嗎？」

要不是我中途發現篠川智惠子的詭計，我們應該會失去更多資金，這麼一來文現里亞古書堂或許會倒閉。我不會出手相助——篠川智惠子很明確的這麼說過。要和有這等意志的對手對抗，我方也必須有堅強的意志。

「覺悟就是一切，栞子小姐。」

志田的話不曉得為什麼就這麼從我的嘴裡冒出來。栞子小姐突然驚訝睜大雙眼。

「那是引用自《哈姆雷特》吧。"The readiness is all." ……第五幕第二場，哈姆雷特要去赴與雷爾提的決鬥之約時，說出自己決心的名台詞。」

「欸……是這樣嗎？」

「是的。"readiness" 直譯是『準備』，不過這種情況應該是指事前的心理準備。」

我完全不知道。志田一定是聽到與莎士比亞有關，所以若無其事地引用了這句話。或許在不知情的情況下聽過或若無其事說出口的話語當中，也存在著幾百年前的故事。

「大輔果然厲害。這種時候……真的很了不起。」

栞子小姐靦腆地重複了好幾次。實際上了不起的人不是我，我覺得是莎士比亞或志田，不過這時候也無所謂了。她拄著拐杖起身，臉頰泛紅。

原本的篠川栞子回來了。

十分鐘的休息時間結束，舊書店店員們回到會場上。

大家與剛才一樣圍著中央的中島長桌。仔細想想，這個有大批觀眾的會場也像是一個舞台。我打算好好扮演自己的角色，不管成功或失敗都取決於我自己。

「那麼，書市競標再次開始。」

主持人杉尾大聲宣佈。吉原還是一樣霸佔著一張椅子。在我們正前方隔著中島的那一頭是篠川智惠子。她正饒富趣味地觀察著毅然而立的栞子小姐。

她無法準備足夠資金這一點當然只是假設，我們目前還沒看到她有資金不足的問題。

「這本紅色書，狀態如剛才說明過的……起價五千日圓，有人喊價嗎？」

終於開始了。「六千」、「七千」四面八方傳來喊價聲，吉原馬上坐在椅子上大叫：

「五百萬！」

他莫名雀躍的聲音彷彿就快要忍不住笑出來。書市競標重新開始之時，他就一直忍著笑意；或許是因為那本白色復刻本能夠賣到五百萬。這次他打算賣更高。

「六百。」

篠川智惠子喊價。會場一片驚呼聲。出到這種程度的高價，每個人都會開始思考，就算不是真的第一對開本，也一定是不得了的珍本書。今天可能會出現這個分會成立以來金額最高的交易。

「八百。」栞子小姐回應之後，接下來都是以兩百萬日圓為單位出價。喊到一千萬日圓的關卡時，篠川智惠子仍然沒有流露半點遲疑。她也經歷過許多次這種場合吧。

「一千兩百。」

栞子小姐找到我的手握住。她的態度雖然充滿自信，滿是汗水的手卻在微幅顫抖。我也用力回握她的手。一眨眼金額已經到達兩千萬。

買家們驚訝之餘，也開始感到懷疑——真的要為那本紅色書付出這麼多錢嗎？如果不是真品，豈不是血本無歸——我似乎可以聽到他們這麼說。可能是我自己的心聲吧。

當中只有一個人，就是那位趴在長桌上的吉原，格外引人注目。他的肩膀上下抖動，似乎不是身體不適，而是在笑。

「三千。」

篠川智惠子出價，臉色沒有絲毫改變。

「三千一百。」

栞子小姐的出價引起會場眾人議論。因為加價的幅度降到一百萬日圓了；也就是接近資金極限了。

「三千三百。」

母親那方還是維持兩百萬日圓的增幅。我知道栞子小姐一瞬間咬牙。

「三千四百。」

「……三千六百。」

還是維持兩百萬日圓的增幅，不過隱約有些遲疑。這場書市競標開始以來，篠川智惠子首次出現破綻。琹子小姐面對正前方的母親，盡全力投以強烈的視線。

「三千七百。」

「三千八百。」

篠川智惠子的出價增幅終於也變成一百萬；表情雖然維持從容，不過果然很吃力吧。也許有機會！——我滿心期待。

「三千八百五十。」

我方的增額幅度終於變成五十萬日圓。琹子小姐的額頭滿是汗水，黑髮貼在額上。

「三千九百。」

母親也降至五十萬日圓的增幅。

「三千九百五十。」

琹子小姐的聲音明顯在發抖。篠川智惠子靜靜閉上眼睛，她嘴邊的笑意已經消失。轉眼間會場一片寂靜。

「三千九百五十，還有人出價嗎？」

杉尾的聲音響徹會場。要出價的只有一個人，不過按照規定他還是對所有買家這麼問。當然誰也沒有開口。或許就這麼拍板定案了。我正要鬆一口氣時，篠川智惠子倏然睜開雙眼，對女兒微笑，彷彿在說——這場遊戲真有趣。

「四千一百。」

她明確出價，突破了四千萬日圓的上限。她準備的資金果然比栞子小姐更多。栞子小姐上半身往前傾，與我交握的手也失去了力氣。我用力把那隻手拉近。

還沒有結束。我早有事情會變成這樣的覺悟，所以我才在事前做好了所有準備。

「……四千兩百萬。」

這次換我出價。由於是第一次，我的聲音緊張到沙啞，而且應該不需要說「萬」。

「欸！」

栞子小姐驚訝的仰望我。我當然沒有閒功夫解釋，只從口袋裡掏出一張紙讓栞子小姐握著。

「四千三百。」

篠川智惠子回應。她顯得很驚訝，不過沒有太大的動搖。

我交給栞子小姐的是一張支票。志田出現在我們店裡那天晚上，我按照他留下的電話號碼打過去，請他替我介紹「正當的借錢管道」。

「四千四百。」

第二次喊價多少能夠清楚發出聲音了。當然身為打工族的我想要借錢，必須有確切的擔保品，因此我把從外婆那兒繼承的自用住宅作為抵押。志田替我介紹的是短短幾天內就可以核發借款的業者。

「四千五百。」

話雖如此，不過外婆的遺產有一半的權利屬於我母親，所以我只好對她說出一切，請求她的協助。我原本以為她會大力反對，沒想到她居然很乾脆地回答：「反正我本來就打算把房子賣掉。」

「四千六百。」

我一邊出價一邊站穩雙腳。我能夠借到的金額遠比栞子小姐準備的資金更少，我準備了一千零五十萬日圓；比起位在北鎌倉車站前的文現里亞古書堂，位在大船的五浦家資產價值很低，而我擁有的權利又只有其中的一半，所以我借了一千萬，而我原本就有五十萬的存款，加上栞子小姐的四千萬，總額也只有五千零五十萬日圓。

「四千七百。」

篠川智惠子的聲音聽來游刃有餘，不過她也和我一樣每次只加價一百萬日圓。如果資金充裕的話，加價幅度應該會更高。

「四千八百。」

我覺得自己就像沉入沼澤裡、水就快要淹到喉嚨了。假如這場交易另有陷阱的話，假如我們無法得到任何利益的話，栞子小姐和我都會失去出生長大的房子，更重要的是栞子小姐的妹妹，甚至是我的母親的人生，都將大幅受到影響。

「……四千九百。」

對方稍微停頓了一下。打算和剛才一樣玩弄我們嗎？或是真的已經到極限了？——我沒有餘力判斷。沒辦法繼續拉鋸下去了。如果這樣還不行的話，這次真的只得放棄了。

「五千五十萬！」

我擠盡最後力氣挺起胸膛。我無法睜開雙眼。會場一片安靜。我知道每個人都在屏息以待。

「五千五十，還有其他人出價嗎？」

只聽見杉尾冷靜的聲音。究竟會變成什麼情況？我覺得喘不過氣，不得已只好睜開眼睛。站在我正前方的篠川智惠子還是帶著微笑——只是對我輕輕搖頭。

「五千五十決標，文現里亞得標！」

我全身虛脫，雙手撐在長桌上；沒有癱坐在地上已經是奇蹟。即使是杉尾也不敢亂丟得標金額五千萬的書，他把書滑過長桌桌面送過來；所有視線都跟著書移動。

紅色皮革書封的美麗書本準確地停在我與栞子小姐面前。

7

舊書店店員們開始把得標的物品搬出去。

書市競標使用的長桌也被搬回原本的位置上。我緊抱得標的兩色書，與栞子小姐站在會場角落。這個分會的書市競標出現了過去不曾有過的高價得標金額，結束之後每個人卻還是冷靜地回到平常的工作。

「為什麼一句話都沒和我商量就做了這種事？」

栞子小姐把支票拿給我看，不滿地嘟起嘴。

「不是……如果和妳商量，妳一定會阻止我的，不是嗎？」

書市競標只要在兩週內付款即可，沒必要把支票帶來，不過我相信如果不是在那個時間點，她一定不會接受我的支票；因為換成我站在她的立場，我就不會收下。

「可是也許連大輔家的房子都會失去。」

「栞子小姐不也是嗎？」

既然這個人抱著確信選了書，我認為自己就必須支持她。儘管我只是沒什麼了不起能力的凡人，也想要展現這等程度的覺悟。

「恭喜你們，是我輸了。」

突然現身的篠川智惠子對我說。語氣直接到連我都感到無趣。多年來追逐的舊書只差一步就能到手，卻又溜走了，她卻沒有半點不甘心的樣子，態度仍舊與書市競標開始之前一樣。

「我知道你意志堅強，不過連資金都準備了，這點我倒是沒料到。從栞子臉上也看不出來……你瞞著這孩子沒說是很好的判斷。」

她是真的沒料到嗎？如果不是她專程跑到我家否定我的存在，我恐怕不會有這等覺悟並做好準備。這該不會是對我的測試吧？看我這樣的人是否適合當女兒的伴侶——就算我問她，她八成也不會告訴我答案吧。

「哎呀，真是感謝惠顧。」

冒出來插嘴的是吉原喜市。他環顧我們三人的臉之後，滿是同情地噗哧一笑，甚至連口水都要噴出來了。這麼說來，他從書市競標途中就開始笑個不停。他輕拍蹙眉的我的手臂。

「抱歉抱歉，交易既然成立，不管是不是真品，你們都必須付錢。那邊那兩冊共計五千五百五十萬日圓，半毛錢也不能少……不管發生什麼事，連一文錢都不能少。」

「當然，我會付錢。」

栞子小姐毫不客氣地說。這回答大概又戳中了吉原的笑點，吉原握拳擺在嘴邊，再度誇張地噗哧一笑，露出大大的笑容，嘴巴甚至快裂到耳朵旁，肌膚乾燥的老臉上擠出他這個年紀會有的深刻皺紋。

「這樣啊……對了，這次拿出來參加書市競標的這三冊，每一本都有一部分被割下或撕破，對吧？其實那全是我做的。」

我低頭看向自己懷中的紅色書。這麼說來雖然重新塗上金箔，不過書上還是少了一角。白色書也有缺了一塊的傷痕；藍色書則是書頁被扯破。但是他這麼做究竟是為了什麼？

「我動用關係委託專家幫忙鑑定這三冊使用的紙張……我一直覺得不解，既然要重新裝幀老舊的珍本書，替書打造適合的書盒也很合理，又可以用來保護藏書。這麼了解舊書的尚大先生為什麼沒有做書盒呢……這當中真的有第一對開本的真品嗎？」

我突然覺得自己懷裡的紅色書變成了來路不明的可怕物品。我回想吉原在此之前說過的話——這麼說來，我不記得這個老頭說過這三冊當中有真品，他只用「也許」、「有可能」這些說法。該不會……可是怎麼可能。

「栞子小姐剛才說了不管是不是真品都會付錢。智惠子小姐也說好了如果妳們無法分辨真品的話，就會負擔所有費用。現在，我就明白告訴各位吧！」

吉原大聲說。會場裡所有人都停下手邊的工作看向我們這裡，好奇是怎麼回事。

「剛才分析結果已經以電子郵件寄給我了！今天拿出來拍賣的這三冊，都不是十七世紀的東西！使用的都是二十世紀的紙張。只是普通的復刻本！」

由於他的聲音太大，我一瞬間差點把書掉在地上。我敢斷言的只有一件事——這個老頭說剛剛才得知結果，一定是在撒謊。分析肯定在他提出這場交易之前就已經完成了，他從一開始就知道這三冊使用的不是十七世紀的紙張。

「尚大先生也真的很惡劣！這三冊中從一開始就沒有真品，所以那場測試的正確答案是『全都是贗品』。他大概計畫著如果智惠子小姐答對了，就要偷偷把真品交給妳吧。事到如今也沒人知道真品的下落，儘管遺憾……不過你們就儘管找到滿意為止吧。畢竟兩位都有出色的鑑定能力，而且還為了三十幾年前製作的無聊贗品付出那麼大筆的金錢認真競標……我也看了一場好戲呢。啊啊，人類是多麼愚蠢啊！」

他滔滔不絕說著我們之外的人聽不懂的話，最後發狂似地放聲大笑。

吉原的意圖至此已經全都曝光了；他找上這兩人進行交易，選擇規模小的書市競標，都是為了欺騙篠川母女、高價賣出這三冊，並且在同業面前羞辱她們，既能夠完成久我山尚大的復仇計畫，自己也能夠大賺一筆——直到最後他仍在扮演忠貞的部下角色。

「……您方便跟我們來一下嗎？」

等吉原笑累了，栞子小姐低聲說。

「有事想跟您談談。」

我和篠川母女，以及吉原前往三樓的小會議室。這個舊書會館不管往哪邊看都充滿了接下來準備銷毀的舊書、持有者不明的舊書、知道持有者是誰卻擺著不管的舊書。只有這間會議室不是如此。

我是第一次進來。這裡似乎也用來接待賓客，外觀相對較新穎，並且擺著辦公室專用的扶手椅與桌子。替我們開門的是滝野，他就這樣站在門前，似乎想看看結果究竟如何。

在栞子小姐的催促下，我把兩冊書擺在桌上。來這裡的路上，我無法看她的臉。吉原的話有多少是真的呢？——至少分析結果是事實吧。只要去確認就會知道的事情沒必要撒謊。

假如三冊全是贗品的話，篠川智惠子會全額支付，但是在競標時輸給我們的她到底能支付多少金額，我不知道。最糟的情況下我們可能還是必須付錢。

「大輔，請拿著這個。」

栞子小姐突然遞過來一把大型美工刀。這要做什麼？我終於看向她的眼睛。

（……啊。）

她的臉上沒有震驚。與其說是冷靜，應該說是平靜。不對，難道她已經徹底死心了？在我思考這些的時候，我忘了問她叫我拿著美工刀做什麼。

「如果是想找我討價還價，我不接受噢。請務必要在付款期限的兩週之內將所有款項匯入商會的戶頭。一定、一定噢。」

吉原愉快地對栞子小姐說。

「啊啊，這種情況下應該付錢的是智惠子女士吧？畢竟妳們兩位都沒有分辨出贗品。妳可不能像十年前那樣跑到國外去啊，智惠子女士。因為這次扯到錢的問題啊，智惠子女士。」

對方頻頻喊著她的名字，她卻只顧著與女兒竊竊私語，似乎在決定由誰開口。結果開口的是栞子小姐。

「請讓我問一個問題……您得到這三冊書的順序是？」

吉原稍微斂起臉上的笑意，似乎在思考這個問題有什麼意義，回答了之後能夠得到什麼好處。

「我來猜猜吧……順序是藍色、紅色、白色。藍色與紅色在你身邊已經超過十年。最後的白色是在最近才得到的……地點恐怕是台灣。」

「差不多吧。這就是妳說的重要事情嗎？」

吉原不甘願地回答。台灣是篠川智惠子偶然遇到志田的地方。應該是幾年前的事情了，她當時沒能夠弄到白色書嗎？

「不是，這不是重點。重點是……大輔。」

「啊，是。」

突然被叫到名字，我打直了背。

「請你拿那把美工刀慢慢割開紅色書的切口與天地。請盡量靠近書封，麻煩你了。」

「可是這樣做的話……」

好不容易買下的第一對開本不就毀了——啊，不會。因為這是二十世紀的紙張。

「不要緊，請相信我。」

「……好。」

話雖如此，我也不得不謹慎。畢竟這本紅色書可是花了五千萬日圓以上的金額。我將美工刀的刀刃貼著書封下方、切口那一側的襯頁紙。像塑膠一樣硬。我緩緩施力，把刀尖插入，由天往地的方向割出一條線。要割開三側似乎得花上不少時間。

「第一次看到這三冊時，我最初的疑問是書頁的大小。這三冊的尺寸比現存的任何對開本都還要大。」

栞子小姐繼續說。吉原冷哼道：

「只是重現了出版當時的對開本尺寸吧。這是復刻本，所以可以自由決定書頁的尺寸，不一定要反映原版的大小。這就是妳要說的重要事情？」

「是的……可是這三冊的天地與切口三處邊緣都曾經被裁掉、切成相同大小，也就是說不是原版的尺寸，卻沒有變得比較小，這點很奇怪。」

美工刀來回好幾次之後，切口這一側的溝逐漸加深。或許有辦法打開。但還是強行打開的話，會不會跟藍色書一樣扯壞書頁呢？

「因為這些是復刻本吧。尚大先生只是重現了現實中無法存在的夢想之書罷了。」

「還有就是沒有書盒這件事。這三冊的製作如此煞費苦心，卻沒有搭配書盒，實在令人費解……」

「小姑娘，妳別再自信滿滿地扮演偵探角色了，行嗎？」

吉原不耐煩地打斷她的話。

「妳有聽到我說的嗎？我剛剛才解釋過呢，意思就是這些書的程度不需要製作書盒。每一冊都只是普通的復刻本，這麼想就合理了。」

「我也考慮過這種可能性，不過如果是這樣，剩下的疑問就是──真品到哪兒去了？如果三個顏色的書都是贗品的話，尚大先生為什麼要小心翼翼收藏，不讓任何人接觸？……我認為書盒應該是存在的。」

「沒有。不管是住在他家工作的我、智惠子女士或鶴代女士都沒見過。在這裡的就是全部了。」

「是的。所以有書盒，就在這裡。」

「什麼？妳到底在說什麼？」

我一邊聽他們說話，一邊伸長美工刀的刀刃，深深插入切口。我突然感覺刀尖的觸感變了，變得可以輕鬆移動，好像沒有切到任何東西。

「決定性的關鍵是書的重心。」

栞子小姐繼續往下說。

「重心？」

「書封內部所使用的材質等部分，恐怕經過細微調整，讓這三冊的重量可以準確的幾乎一致。可是只有一本書的重心不同。一般書的重心比較偏書背，但是唯有這本紅色書的偏移幅度略大……多虧大輔的幫忙才讓我注意到。」

我想起書市競標開始之前發生的事；我單手抓書的時候，紅色書從我手中掉落，白色書卻穩穩握在手裡。這兩本書我都是從切口處抓住，原來是重心不同的緣故。

後來栞子小姐頻頻敲打書背，不是為了聽聲音，而是為了確認從書背放手時，以及手扶著書背時的重心差異。現在想來，紅色書底下有鉛筆跑進去也很奇怪。大概是她做的吧，為了找出重心在哪個位置。

我改變書的方向，把刀刃尖端插入天的襯頁紙。我大概知道栞子小姐想說什麼了。

「然後，最後是書頁留白處塗黑一事……吉原先生也說過，不一定要反映原版的尺寸。把原版的書頁翻拍之後，印在更大的紙張上，這種時候留白的地方無論如何都會有顏色的不同。

十七世紀沒有現在這樣的造紙技術，而且當時的紙張顏色也很獨特。哪邊是照片、哪邊開始是留白，邊界一看就知道……為了讓人看不出來，只有塗黑這個方法了。將環繞正文的方框外側全部塗黑，這表示原版的書頁比較小。」

大概是已經習慣了，割開天那一側的速度比切口更快，刀刃觸感變輕時，我把書轉向，將刀刃尖端插入地那一側。我看了吉原的臉一眼，只見他原本紅潤的臉頰逐漸失去血色，似乎明白怎麼回事了。就像一顆生雞蛋擺在人體上。

「數百年間代代相傳的第一對開本，曾經歷過多次裝幀，每次都會裁斷書頁、變小一圈……現存的第一對開本書頁尺寸，縱長與橫寬分別有四公分到五公分的差距，也就是說，如果是尺寸最小的第一對開本，也有可能收納在挖空的最大尺寸對開本內。」

地這一側的刀刃觸感也變了，似乎來到裡頭的空洞。這麼一來三邊都割開了。我抬眼告訴栞子小姐完成了。

「大輔，請把書翻開。」

我用力翻開紅色書的書封，黑色扉頁發出討厭的撕扯聲。完全翻開的紅色書封底下出現一個同樣以紅色皮革裝幀、只不過尺寸小了一圈的書封，那本書完全被收納在書頁挖空的空洞裡，沒有半點空隙。書頁黏住的紅色復刻本成了這本小書的書盒。被割下的書角得到不是十七世紀紙張的分析結果也是理所當然，因為那只是書盒的一部分。

紅色小書宛如昨天才裝幀完畢，狀態絕佳。正是這三十五年來，除了久我山尚大之外，沒有人曾經觸摸過，如夢似幻的第一對開本。

8

「怎、怎麼會有這種蠢事……怎麼會是真品……不可能有這種事！」

吉原慘叫著，搖搖晃晃的接近紅色書。我站到他與書之間。如同剛才這位老人所言，交易已經成立了。這本書已經為栞子小姐所有。

篠川智惠子倏地站到紅色書前面。

「我可以翻開來看看嗎？」

她低著頭詢問我們。我無所謂，我朝栞子小姐點點頭。

「……請。」

栞子小姐回答。母親稍微遲疑之後，以食指翻開書封。我感覺她的手指微微顫抖，但可能只是我看錯了。扉頁被翻開。印著書名的莎士比亞肖像畫仰望著她。雖然是歷史悠久的東西，不過狀態似乎沒有什麼大問題，也沒有髒汙或塗鴉；留白的部份也沒像復刻本那樣塗黑。

與久我山尚大遺留下來、自己追求多年的舊書面對面，篠川智惠子反而沒有表現出太多情緒。太陽眼鏡底下的雙眼大睜之後，她只是小小嘆息；看來像是安心，又像是失望。

「怎麼了嗎？」

女兒有些遲疑地問。等了好長一段時間才得到回答。

「不是什麼大事……只是這本書沒有被塗上膠，反而好好收藏著，我覺得有點驚訝罷了。」

我差點「啊」地大叫。久我山尚大如果一心只想著要復仇的話，應該可以連第一對開本真品也上膠。不，他根本沒必要把真品放入書盒裡，他可以像吉原說的，把內容物丟掉，裝入等重的物品。

但他最後還是留下了讓女兒有機會發現並取回這本書的餘地。

久我山尚大不能說是個好人，但就算只有一點點，他或許也隱藏著一顆有人性的心——就像藏在上膠書裡這本第一對開本。

打破沉默的是陌生的手機來電鈴聲。篠川智惠子走到房間角落講電話；聽不見內容，不過可以知道是重要的事。

「栞子小姐、五浦老弟，我有話想找兩位談談。」

看準篠川智惠子離開，吉原搓著手、彎著腰靠近我們。

「事到如今我不會說取消交易這種話。好歹我也是男人。我會光明磊落地把那本第一對開本賣給你們。但是兩位接下來應該打算把第一對開本轉賣給別人吧？我想這對於缺乏高價交易經驗的兩位而言，應該很困難……所以呢，怎麼樣，要不要讓我扮演仲介的角色呢？」

他轉變得太過明顯也太迅速，令我覺得可笑更勝過憤怒。栞子小姐似乎也快要笑出來了。八成因此覺得受到鼓勵吧，吉原故意露出諂媚的笑容。

「啊啊，我當然會送上適當的禮物。除了紅色書、白色書的費用一筆勾銷之外，我會支付你們五千萬日圓。當然前些日子收下的《晚年》費用也會全數奉還。畢竟一個人跑遍全世界找尋藍色、白色、紅色這三冊書的人是我。請務必讓我助兩位一臂之力……」

「吉原先生。」

栞子小姐帶著溫柔笑容打斷對方的話。

「您真的以為這三冊全是靠您自己的力量找到的嗎？」

原本不停鞠躬哈腰的老人瞬間停止動作。炯炯的眼神完全抹消他的親切。

「什麼意思？」

「家母開始找尋第一對開本時，藍色、紅色兩冊已經在您手上，但您沒有察覺當中藏著真品……您認為，該如何能夠瞞著您真相，並且讓您賣掉紅色書呢？」

栞子小姐看著對方的臉。是故意的嗎？她無所畏懼的笑容與她的母親一模一樣。

「如果是我，會這麼盤算——只要設計讓您把三冊全部弄到手就好。如果您以為這三冊全是贗品，一定會選『她』做為賣書對象。只要不即不離，一邊讓對手感到焦急，一邊慢慢等待就好……」

「說那什麼蠢話。妳有什麼證據？」

「當然沒有證據，一切只是我的猜測。但是家母早在三年多前就造訪過台灣。我想她是去找白色書吧。我只是在想，假如她當時有成果的話……」

吉原的臉色變了，大概是想到了什麼吧，眼睛往上陰森吊起，嘴唇緊抿成ㄟ字形，臉上逐漸失去血色。我覺得自己第一次看到拋下所有假面具、露出真面目的吉原喜市。

「……沒有人能夠承受這種屈辱。」

他以缺乏活力的聲音喃喃說。

「我服侍那個人幾十年，在他死後也是……事實上有資格繼承他的人應該是我。而不是傲慢的小姑娘們……只有我一個人愛著那個人的才氣、瘋狂、憎惡、一切的一切……這麼悲慘的結果，我不接受……對了，對了。還能夠說悲慘，表示還不是最悲慘的狀況，一定是這樣……」

吉原突然抬起缺乏光澤的腦袋。他打算挺起胸膛，體型看來卻小了一圈；與剛剛的他不同，彷彿是另外一個人。在那裡的，只是一個平凡老人。

「我不會放棄……這場交易，我一定會讓它無效。這個分會的理事中，有許多我認識的人……」

他一邊自言自語喃喃說著，一邊以不靈活的腳離開會議室，似乎完全忘了自己說過「我會光明磊落地把那本第一對開本賣給你們」。滝野把頭探出門外，目送老人離開，接著朝我們苦笑。

「看樣子他打算去罵會計部。這個老爺爺，真拿他沒轍……不過交易不會失效，請你們放心。不管是哪裡來的什麼人，我們都會請他遵守書市競標的規則。之後的事情，我們會想辦法處理。」

我們還來不及道謝，滝野已經把手伸到背後關上門離開。留在會議室裡的只剩下三人。

「……栞子。」

講完電話的篠川智惠子走過來。

「那本第一對開本，妳有沒有興趣以一億五千萬賣給我？我會付現。」

「咦……」

聽到她突然提出這個要求，我們不知所措。

「妳能夠拿出這麼多的金額嗎？」

那是我們準備的資金的三倍。如果是這樣，她剛才與文現里亞古書堂競標不應該會輸。

「剛才拿不出來是因為我的私人資金臨時用在其他正在進行的大筆交易上，導致書市競標時手頭的錢不多。剛才屬下通知我，那些資金已經可以動用了。」

栞子小姐露出複雜的表情，大概與我的想法一樣——時機也未免太巧了。她該不會是故意讓我們贏吧？不對，或許只是讓我們這樣以為，她才能夠取得優勢。

我還是一樣完全搞不清楚這個人的話到底哪些是真心話。

「吉原先生也說了，我想這筆交易對你們來說是個重擔。而且拿到我付給妳的現金，妳就不必特地去借錢，也無須使用大輔給的支票，事情就能夠圓滿落幕。」

琹子小姐認真沉思。那本書或許能夠賣出更高的價格，但是琹子小姐對於利潤沒有那麼大的執著，她想要的應該只有妹妹的學費吧。

「而且，還有一件事。」

她在女兒耳邊小聲說著什麼。琹子小姐訝異地凝視母親。兩人小聲交換兩三句話之後分開。

「……我無法立刻給妳答覆。」

琹子小姐回答。

「我明白了。如果妳打算接受我的條件就和我聯絡。那麼，後會有期了。大輔也是。」

篠川智惠子轉身邁開輕盈的腳步離開會議室。這麼說來，那個人也直接叫我的名字了；我想不起來是從什麼時候開始的。

其他人退場之後，會議室裡只剩下我和琹子小姐，還有莎士比亞的第一對開本。好一會兒，她坐在椅子上謹慎地檢查書頁。

我背靠著關上的門，在一旁守護著她。

琹子小姐正拿著世界知名的珍本書。仔細想想，幾乎沒有能夠判斷這本紅色書是真品的依據，只能勉強看出它與其他兩冊的差異。儘管如此栞子小姐還是參與了賭局，我想應該是基於對書的愛——說得更精確點是因為執著——總之就是她想把尚未被發現的第一對開本拿在手裡。

未來未必一帆風順，大概必須時時謹慎行事，不過，現在的我想欣賞這樣看著書的她，不想被人打擾；我希望只有我知道這個人熱衷讀書時的側臉是什麼樣子。

她終於把書合上，小心翼翼地收回書盒裡，也把填滿空隙的碎紙片恢復原狀。然後，她朝我微笑。

「看完了嗎？」

「是的……今天就到此為止。」

她當然還看不夠，不過看書的地點不是這裡也無所謂吧。我拿出大塊包巾，開始包起書本外形的紅色書盒。雖說那是書盒，也不能就這樣直接拿著回家。

遮住紅色皮革書封之前，栞子小姐有些遺憾地蹙起眉。她還有機會閱讀。然後，我也還有機會看她閱讀的樣子。這個人今後也將繼續閱讀許多書，而她的身邊有我。我打算一輩子如此。

這個世界是否真是一座舞台，人們是否都是站在舞台上的演員，老實說我不知道，但是待在她身旁的那個角色，非我莫屬。唯獨這一點我堅信不移。

「……對了。」

在離開會議室之前，我突然想起似地開口。栞子小姐停下腳步，眼鏡後的眼睛凝視著我的雙眼。

「妳哪一天要來我家呢？」

終章

書市競標結束之後，過了幾天平靜的日子。

我和平常一樣出門上班，下班後回家。莎士比亞的第一對開本擺在銀行的出租保險箱裡。栞子小姐是否接受她母親的提議，尚未有結論。

文現里亞古書堂取得知名珍本書的消息幾乎沒有人知道；因為虛貝堂的杉尾、滝野等人幫忙隱瞞。

更不如說因為吉原在書市競標會場上大聲散播得標的書是贗品的消息，外頭反而流傳著我們書店背負了大量債務的傳聞。我雖然很想訂正那些假消息，不過這樣或許比標下真品的消息被人知道更好；別讓人知道價值數億日圓的珍本書就在兩位年輕姊妹共同生活的篠川家裡比較安全。

吉原喜市後來沒再出現在我們面前。聽說他在書市競標那天跑去會計部大鬧，結果導致輕微心臟病發作送醫。當然沒有生命危險，不過一方面他年紀也大了，為了謹慎起見，還是必須暫時住院。

『你們最好在那位老先生恢復健康之前，想辦法處理掉第一對開本吧。』

滝野打電話來建議我們。雖然這麼說，但我們似乎能暫時過上一段平靜的日子。

關於莎士比亞的第一對開本事件，我幾乎已經沒有要提的了。只剩下一個小小的疑問，不過不是什麼大事。

公休日的下午，我來到篠川家。今天不是騎輕型機車而是搭電車，因為回程不只我一個人。按了門鈴之後，我聽見『請進』的聲音。我打開門。她穿著有領子的文雅藍色洋裝站在走廊上。雖然很淡，不過還是化了妝，更襯托她工整的臉蛋。

「……請進。」

「打擾了。」

我進入屋內。比平常緊張。腳下不是常穿的運動鞋，皮鞋不太好脫；衣服也是新買的POLO衫與棉質的休閒長褲，以我來說算是相對正式的穿著了。

今天傍晚我要帶栞子小姐回家。母親也會提早從公司回家，我們打算三個人一起吃頓飯。書市競標之後沒多久就決定見面，也是因為我拿自家房子抵押借錢。栞子小姐覺得連累了我們，堅持要向我的母親道歉，於是我決定趁此機會讓雙方正式見個面。

既然都特地安排見面，接下來應該就是結婚了；就這樣順勢而為也很好，不過在那之前，我還是希望好好開口求婚，所以特地與她約了時間；我想她也是同樣的心情。事實上她昨天在電話裡對我說「我也有話要對你說」。

進了和室之後，矮桌上已經準備了麥茶。我覺得面對面坐著距離太遠，決定坐在她旁邊、夾著一個桌角的位置。

「小文去補習班嗎？」

我先確認。

「是的。她說今天晚上會直接去水城先生家打擾，與外婆一起做菜。」

聽完我就放心了。求婚時如果被她偷聽，實在不是什麼好玩的事。

「她最近經常去水城家呢。」

不出所料，她已經與水城家的人打成一片。在我不著痕跡地打聽他們一家的情況時，得到的回答是「感情很好啊，沒什麼特別的」。

在那之後，水城隆司曾經來拜訪過文現里亞古書堂一次，感謝我們「協助調停我和英子女士之間的關係」。他沒說自己多年來的祕密對父親坦承了多少，我們也沒追問。我明白有些事情沒有那麼容易解決，不過我相信情況一定比過去更好。

「然後呢，你要對我說什麼……？」

栞子小姐偏著頭。我頓時語塞；我沒想到她會問得這麼直接。坐下來還不到三分鐘，我想要多聊一些其他事情再進入正題。對我來說這也是一輩子的大事。

「對、對了，有件事情我很好奇。」

我忽略她的提問，硬是轉換話題。

「之前在書市競標結束之後，妳在會議室裡不是有跟妳母親講悄悄話嗎？妳們說了些什麼？」

我的小小疑問就是這個。離開舊書會館之後，我們先把第一對開本送去銀行保管，又去水城英子那兒送回黑色復刻本並報告一切，要忙的事情很多，所以完全錯過了問的時機。

「那個時候說的是……」

她說得吞吞吐吐，視線看向腳邊。也許是意外嚴肅的話題。我也跟著看向榻榻米。側坐的栞子小姐從洋裝裙襬下伸出白皙的雙腿。

（嗯？）

我剛才沒注意到，在她身子另一側有個白色大包袱。如果是要帶去我家的伴手禮，未免太豪華──不對，大概是其他東西。她準備的伴手禮是我母親喜歡的高知的地酒（註9），剛才在玄關那兒擺著一個包裹。

「其實是……母親找我，問我要不要去幫她工作幾年。」

「欸，真的嗎？」

原來是這種提議啊，我完全沒想到。

「雖然沒有處理外文書的經驗，不過她希望有可以信賴的人手幫忙。她說：『經過這次的事情，我了解你們有能力，所以打算毫不保留地傳授自己的知識與經驗』……當然不是強迫，也沒有必要現在立刻做決定。她說等小文上大學、一切穩定下來之後再考慮也可以。」

過去篠川智惠子曾經想要強行帶走這個人；比起那一次，這次的提議真是溫和啊。雖然這個人的話到底能夠信用到什麼程度還很值得懷疑。

「妳打算接受嗎？」

「我原本是打算立刻拒絕，不過……光是考慮工作的事情的話，能夠一起工作無疑是有好處。而且也還有考慮的時間，所以我想應該可以跟你商量看看該怎麼做……」

的確有好處。假如她要離開幾年，有了賣掉第一對開本的獲利，也足以支付她妹妹的學費與生活費。找我商量的話，我當然不可能讓栞子小姐與她母親兩人單獨離開——

「咦？妳剛才是說『你們』嗎？」

「是的。不只是我，大輔也一起。我想我母親大概很喜歡大輔……她說你雖然有無法看書的缺點，不過她有能力訓練你直到缺點不再是阻力。」

註9：地酒是指使用當地收割的米與當地的水做成的酒。

我還記得自己曾經被她狠狠罵過一頓，不過經歷過那次書市競標之後，她似乎認為我這個人並非派不上用場。但是被人隨便提高、降低評價，這點讓我很不爽。

「我在想，這麼輕易就答應她的邀請，是不是不太妥當？」

「當然。」

琹子小姐用力點頭。

「何時、在哪裡、做什麼、如何活下去，全由我們自己決定……家母的提議只是提議而已。」

是的，我就是我。沒有必要急著決定吧，仔細考慮清楚就好。

「妳母親還有說其他的事情嗎？」

我只是隨口問問，沒想到琹子小姐卻沉默下來。她似乎很困擾，交握雙手的手指開始扭動，整張臉瞬間通紅。

「那個……她還說：『你們兩人都有那種打算吧？如果打算登記的話，我不反對』……大輔和，我……」

和室變得靜悄悄。我忍不住閉上雙眼仰頭；沒想到連這種事情都被那個人搶先一步。情況發展成這樣，我反而不好意思開口了。

「啊，不過，你別放在心上。她不是有意見，這種事情終究還是要由當事人決定。」

「篠川栞子小姐。」

我喊她的名字。管不了會不會丟臉了，我必須說出口。

「我今天想要找妳說的，就是這件事……」

我說到這裡停住，深吸了一口氣。

「請妳嫁給我。」

「好。」

完全沒有猶豫，她爽快地回答。然後深深鞠躬。

「今後請多多指教。」

「啊，我、我也……請妳多多指教。」

我有些吃螺絲，也再次和她一樣鞠躬。這個姿勢該維持多久才好？我心想：「差不多了吧？」一邊偷看彼此的樣子一邊抬起臉。我不知道接下來該說什麼。一開始的五分鐘就已經把事情說完了，又不能妳看我、我看妳直到傍晚，太難為情了。

「對、對了。」

栞子小姐以略高的聲調說，還故意拍了一下手。

「差點忘了。我也有話要跟你說。」

「欸……？」

我困惑。結婚不是正題嗎？除此之外還有什麼話題，我想不到。

「第一對開本，最後決定賣給我母親了。兩週之後要交給她。」

突然變成書的話題，我瞬間虛脫。不對，這也很重要。不管怎麼說，單純計算獲利的話是將近一億日圓。我到現在還覺得很不踏實。那可是一筆不得了的金額。

「然後在賣掉之前……」

栞子小姐把原本擺在自己身後的包袱放到矮桌上。包袱似乎很沉重，在桌面上發出一聲悶響。她打開包袱的結，出現的是曾經見過的紅色皮革書封。是莎士比亞的第一對開本。

「為、為什麼在這裡……這不是擺在銀行的出租保險箱嗎？」

「我把它帶回來了，只限今天。」

栞子小姐臉上綻放笑容。有些令人懷念、我最愛的笑容。

「我想跟大輔聊聊這本書裡的內容。」

原來如此。我們兩人決定參加書市競標那一天，她曾對我說——然後我要把書裡寫的故事告訴你，花很長的時間慢慢說給你聽。我看向和室的時鐘，時間還很充裕。不對，如果是這本書的話，這點兒時間恐怕算不上充裕。

無論如何，我想聽栞子小姐聊這本書。

我移動到她身邊方便看書。我突然想起在大船車站前聊太宰的《晚年》那時的事情。開始在這家店工作正好滿一年。這次我連塞進一本書的縫隙都不留，緊緊倚著她。

栞子小姐翻開書封，仰望我的臉，然後以輕鬆的口吻開始流暢地說：

「以前我也稍微提過，第一對開本是一六二三年出版的莎士比亞戲劇作品集。這本書據說是他所屬劇團的同事約翰·赫明斯和亨利·康德爾為了追悼他而企劃的。序文中提到本書是根據原始劇本為基礎，事實上卻未必……」

完

後記

我在將近十年前開始寫日記。從很久以前就斷斷續續把日常生活的點滴，以及小說靈感等記錄成筆記，不過因為我的記性變得比以前差，所以也比過去更勤於做紀錄。

話雖如此，我頂多也是一週寫一、兩次的程度，而且多半是對於書籍或電影等的感想，或是工作提醒。沒有值得給人看的內容，也藏在家人不知道的地方。

日記裡也大致記錄了「古書堂事件手帖」這個系列從成立至今的林林總總。我向當時的編輯高林提出本系列的企劃是在二〇一〇年三月。寫作過程遭遇瓶頸，直到一年後的三月才得以出版，也就是三一一東日本大地震發生那個月。

本系列的宗旨是「以實際存在的舊書為主題的娛樂小說」。我因為這個系列，而有了許多形形色色的寶貴經驗，對我來說也有許多難關必須跨越。

在預設大部分讀者對舊書都不熟悉的前提之下，該如何達到娛樂效果呢？該如何將原本沒有打算寫成系列的內容變成一個系列呢？光靠實際存在的舊書為主題要如何賦予故事層次呢？除了短篇故事之外，要如何寫出長篇故事呢？然後如何在擴大的故事中製造高潮與鋪陳？我已經想不出任何點子了、下一集或許寫不出來了……我的日記裡也有無數這類小家子氣的抱怨。

尤其因為第七集是以外國經典作品為主題，寫作過程中我有無數次覺得這次寫不出來了；單靠自己一人很難得到需要的資訊，我也因此請教過比以往更多的專家。

尤其感謝願意讓我參考極為珍貴之莎士比亞相關藏書的明星大學、仔細為我說明珍本書交易過程的丸善雄松堂、告訴我舊書交換會細節的fullhonism舊書店福田先生，請容我在此致謝。

說起最近幾年的日記，我回頭讀過之後有了新發現。

年輕時，我以為職業小說家一定是與自己不同的人種，可以流暢寫出稿子，一點也不辛苦。但是等到我自己入行、累積了某些程度的經歷之後，才發現這一行沒有人可以輕鬆寫出稿子；就我所知，每個人都必須費盡苦心、拚命抓頭才寫得出來，沒有例外。

小說家需要的，或許就是最後能夠把辛苦變成快感的變態專注力，以及找出該往哪個方向辛苦的感性這兩者吧。因此，在這個系列裡，我經歷過的辛苦不過是理所當然的過程，我只能一邊與辛苦打交道，一邊繼續這份工作。

當然如果沒有各位讀者的支持，我也無法成為小說家。我由衷感謝這些日子支持本系列的各位。謝謝你們。

然後是從企劃成立之初就很關照我、耐心等待遲遲寫不出稿子的我的前任編輯高林、現任編輯吉岡、佐藤、土屋。決定書的命運、為本系列描繪精美插畫的插畫家越島はぐ老師、協助檢查舊書原著引用內容的校閱土肥、從主題單調的本系列出版之初就大力推薦的各位書店店員，以及KADOKAWA的各位業務，還有與本書發行、出版相關的所有人員，感謝你們。

接著我也要感謝不管我寫得出來或寫不出來，總是在我身旁的妻子。

謝謝妳的陪伴。

……好了，回頭看了剛剛寫的後記，我這才開始覺得《古書堂事件手帖》的確結束了。大概是寫完第七集的感慨太過強烈吧。大輔與栞子的故事姑且有了個交待，主線故事也確定結束了。

不過因為頁數的關係，在主線故事裡無法收錄的小插曲、受限於大輔的角度無法訴說的內容，以及其他登場角色的過去與未來等，我還有不少想法，也一直想著要把這些寫出來。

我不清楚能夠寫到什麼程度，不過之後將會以番外篇或外傳的形式延續「文現里亞古書堂」。然後，新的動畫電影與真人電影也即將推出，期待著有機會進電影院觀賞的那一日到來。

當然我也同時計畫著進行其他作品的創作。

今後也請多指教。

三上延

參考文獻（省略敬稱）

松岡和子譯《莎士比亞全集》（筑摩文庫）

大場建治編／譯／注／解說《莎士比亞選集》（研究社）

小田島雄志譯《莎士比亞全集》（白水uBOOKS）

河合祥一郎譯《新譯　威尼斯商人》（角川文庫）

《莎士比亞大全　CD—ROM版》（新潮社）

Charlton Hinman編《The Norton Facsimile: The First Folio of Shakespeare》（W W Norton & Co., Inc.）

《明星大學圖書館典藏　復刻版　莎士比亞「劇作集」第一對開本　Mr. William Shakespeare's Comedies, Histories, and Tragedies 1623.》（明星大學出版）

《明治文化全集　第二十二卷　翻譯文藝篇》（日本評論社）

西基斯比亞原著／井上勤譯《人肉質入裁判　全》（鶴鳴堂）

Eric Rasmussen & Anthony James West編《The Shakespeare First Folios: A Descriptive Catalogue》（Palgrave Macmillan）

A. D. Cousins審訂《莎士比亞百科圖鑑》（悠書館）

荒井良雄、大場建治、川崎淳之助　等編《莎士比亞大事典》（日本圖書中心）

高橋康也審訂／佐佐木隆編《莎士比亞研究資料集成》（日本圖書中心）
L. Dunton-Downer、Alan Riding《莎士比亞圖像事典》（新樹社）
高橋康也編《莎士比亞手冊》（新書館）
河合祥一郎、小林章夫編《莎士比亞手冊》（三省堂）
日本莎士比亞協會編《新編莎士比亞指南》（研究社）
E. Rasmussen《追蹤莎士比亞！消失的第一對開本去向》（岩波書店）
山田昭廣《書與莎士比亞時代》（東京大學出版會）
大塚高信《目錄學之道——以莎士比亞為主——》（荒竹出版）
John Carter、Percival Horace Muir編《構築西洋的圖書》（雄松堂書店）
大場建治《莎士比亞的翻譯》（研究社）
英知明、佐野隆彌、田中一隆、辻照彥編著《莎士比亞時代的戲劇世界——戲劇研究與數位典藏》（九州大學出版會）
山田昭廣《莎士比亞時代的戲劇與目錄學研究——序》（文理學院）
Steven Marx《莎士比亞與聖經》（日本基督教團出版局）
森谷佐三郎《日本的莎士比亞》（八潮出版社）
濱名惠美《性別的驚奇——莎士比亞與性別》（日本圖書中心）

Alan Bray《同性戀的社會史【新版】》（彩流社）

安西徹雄《劇場人莎士比亞　紀錄片生活的嘗試》（新潮選書）

Stephen Jay Greenblatt《莎士比亞驚人的成功故事》（白水社）

河合祥一郎《解密莎士比亞》（新潮選書）

小田島雄志《莎士比亞名言錄》（岩波JUNIOR新書）

安西徹雄《莎士比亞名台詞一百》（丸善LIBRARY）

河合祥一郎《看摘要讀懂莎士比亞全作品》（祥傳社新書）

河合隼雄、松岡和子《快讀莎士比亞　增補版》（筑摩文庫）

松岡和子《深讀莎士比亞》（新潮選書）

松岡和子《讀之有「物」　莎士比亞入門》（筑摩文庫）

松岡和子《所有季節的莎士比亞》（筑摩書房）

Josep Cambras《西洋手工書圖鑑》（雄松堂出版）

高宮利行《西洋書物學入門》（青土社）

貴田庄《西洋的圖書工房　從羅塞塔石碑到摩洛哥皮革裝訂書》（朝日新聞出版）

Alessandro Marzo Magno《那個時候，書誕生了》（柏書房）

石坂泰章《蘇富比　「豐饒」變成「幸福」的藝術工作法則》（講談社）

國家圖書館出版品預行編目資料

古書堂事件手帖．7，栞子與無止盡的舞台／
三上延作；黃薇嬪譯．
-- 初版．-- 臺北市：臺灣角川，2017.06
面；　公分．--（角川輕．文學）

譯自：ビブリア古書堂の事件手帖．7，
～栞子さんと果てない舞台～
ISBN 978-986-473-711-6（平裝）

861.57　　　　106006293

輕文學 Light Literature

古書堂事件手帖 7 ～栞子與無止盡的舞台～（完）
原著名＊ビブリア古書堂の事件手帖 7 ～栞子さんと果てない舞台～

作　　者＊三上 延
插　　畫＊越島はぐ
譯　　者＊黃薇嬪

2017 年 6 月 29 日　初版第 1 刷發行

發 行 人＊成田聖
總　　監＊黃珮君
總 編 輯＊呂慧君
主　　編＊李維莉
設計指導＊陳晞叡
印　　務＊李明修（主任）、黎宇凡、潘尚琪

發 行 所＊台灣角川股份有限公司
地　　址＊105 台北市光復北路 11 巷 44 號 5 樓
電　　話＊（02）2747-2433
傳　　真＊（02）2747-2558
網　　址＊http://www.kadokawa.com.tw
劃撥帳戶＊台灣角川股份有限公司
劃撥帳號＊ 19487412
法律顧問＊寰瀛法律事務所
製　　版＊尚騰印刷事業有限公司
I S B N＊978-986-473-711-6

香港代理＊香港角川有限公司
地　　址＊香港新界葵涌興芳路 223 號新都會廣場第 2 座 17 樓 1701-02A 室
電　　話＊（852）3653-2888